# Amos Daragon,
# la malédiction de Freyja

Mons
2005

Pour Eric,

Bon voyage !

**Dans la série Amos Daragon :**

*Amos Daragon, porteur de masques*, roman, 2003.
*Amos Daragon, la clé de Braha*, roman, 2003.

*Amos Daragon, le crépuscule des dieux*, roman, 2003.

*Amos Daragon, la tour d'El-Bab*, roman, 2003.


**Romans pour adultes chez le même éditeur :**

*Pourquoi j'ai tué mon père*, roman, 2002.

*Marmotte*, roman, réédition, 2002 ; première édition, 1998, Éditions des Glanures.

*Mon frère de la planète des fruits*, roman, 2001.

BRYAN PERRO

# Amos Daragon,
# la malédiction de Freyja

LES INTOUCHABLES

Les Éditions des Intouchables bénéficient du soutien financier de la SODEC, du Programme de crédits d'impôt du gouvernement du Québec, du PADIÉ et sont inscrites au Programme de subvention globale du Conseil des Arts du Canada.

LES ÉDITIONS DES INTOUCHABLES
1463, boulevard Saint-Joseph Est
Montréal, Québec
H2J 1M6
Téléphone: (514) 526-0770
Télécopieur: (514) 529-7780
info@lesintouchables.com
www.lesintouchables.com

DISTRIBUTION: PROLOGUE
1650, boulevard Lionel-Bertrand
Boisbriand, Québec
J7H 1N7
Téléphone: (450) 434-0306
Télécopieur: (450) 434-2627

Impression: Transcontinental
Infographie: David Plasse et Benoît Desroches
Illustration de la couverture: Jacques Lamontagne
Maquette de la couverture: François Vaillancourt

Dépôt légal: 2003
Bibliothèque nationale du Québec
Bibliothèque nationale du Canada

ISBN 2-89549-115-1

# Prologue

Les vieilles légendes des peuples nordiques racontent l'histoire du collier de Brisingamen. Créé par Alfrigg, Dvalin, Berling et Grer, quatre nains à la longue barbe et aux muscles de fer, ce bijou fut jadis considéré comme l'une des splendeurs du monde. Selon cette histoire, Freyja, déesse de l'Amour et de la Fécondité, voulut se l'approprier afin d'accroître sa beauté déjà impressionnante. Ainsi, elle charma les nains et leur subtilisa Brisingamen. Le récit raconte que lorsque la déesse revint à Asgard, le domaine des dieux, elle était si belle qu'elle illumina les lieux comme un nouveau soleil. Odin, chef du panthéon nordique, lui ordonna de rendre le bijou à ses propriétaires. Les nains avaient porté plainte et demandaient réparation. Ils voulaient récupérer leur bien.

Ce vol, aux dires d'Odin, avilissait les dieux du bien et n'était pas digne d'une âme aussi belle et noble que celle de Freyja. La déesse refusa de se soumettre et confia le collier aux Brising, une race de fées vivant cachées dans les profondeurs des forêts enneigées. Ainsi, ni les nains ni Odin ne pourraient mettre la main dessus.

À cause de ce bijou, une guerre éclata entre les troupes de Freyja et celles d'Odin. Ce combat dura plusieurs décennies et se solda par la mort de centaines de Vikings et la disparition de nombreuses créatures magiques. Pour se venger d'Odin, Freyja jeta une malédiction sur les béorites en faisant mourir leurs enfants dès le berceau, condamnant ainsi cette race à une extinction certaine. De toutes ses créations, les hommes-ours étaient celle que préférait Odin.

Les vieux sages savent que, lorsque les dieux du bien se chamaillent entre eux, les dieux du mal en profitent pour étendre leur pouvoir sur le monde. Il en va ainsi depuis le début des temps…

# 1

# Baya Gaya

Le printemps avait fait son apparition et les forêts du nord du continent se couvraient de bourgeons. Les oiseaux étant revenus de leur migration, les parulines et les bruants avaient envahi les alentours de la chaumière de Baya Gaya. La vieille femme aux cheveux longs et gris marchait lentement dans les bois. Appuyée sur un long bâton, elle avait le dos voûté et avançait péniblement. Son corps, croulant sous le poids des années, la faisait horriblement souffrir. L'arthrite avait complètement déformé ses mains en lui tordant les doigts. Ses jointures étaient surdimensionnées et sa peau usée laissait entrevoir de grosses veines bleues. De longs poils noirs lui poussaient dans les oreilles et les narines. Elle avait des verrues brunes sur la figure et sur une bonne partie du corps. Des varices en forme de serpent lui couvraient les jambes et l'arrière des genoux. Lorsqu'elle ouvrait la bouche, sa langue grise apparaissait à travers les quelques dents jaune foncé qu'il lui restait encore. Ses yeux étaient presque entièrement recouverts d'épaisses cataractes blanches qui l'empêchaient de voir convenablement.

En marchant, la vieille femme pestait à voix basse. Elle insultait les dieux, la nature, l'insupportable chant des oiseaux et le printemps trop doux. Un sac de graines en bandoulière, elle nourrissait les parulines et les bruants. Avec de grands gestes théâtraux, la sorcière lançait de la nourriture partout autour d'elle. Des dizaines d'oiseaux volaient dans tous les sens et se régalaient de ce festin inattendu. Cette journée de printemps allait être leur dernière : les graines étaient toutes empoisonnées.

Baya Gaya avait été autrefois une très jolie femme, belle et radieuse. Mariée à un solide gaillard, elle habitait un charmant petit village toujours rempli de fleurs et de rires d'enfants. Fonder une famille était le plus cher de ses vœux, mais après quelques années de mariage, les dieux ne lui avaient toujours pas encore accordé la faveur d'enfanter. Elle patienta encore de longues années sans jamais tomber enceinte.

Un jour, le village essuya un violent orage et la foudre tomba sur la maison de Baya Gaya. À cause de cette punition des dieux, combinée à son incapacité d'avoir des enfants, on la soupçonna d'être une sorcière. Les habitants du village crurent à un avertissement divin et chassèrent violemment Baya Gaya. Des amis, des voisins, et même des membres de sa propre famille l'insultèrent, la rouèrent de coups et la laissèrent pour morte dans un ruisseau de la forêt. On annula son mariage et la pauvre femme perdit à tout jamais l'homme qu'elle aimait. Celui-ci en épousa une autre avec laquelle il eut trois enfants.

Baya Gaya fut miraculeusement sauvée par un groupe de véritables sorcières et devint rapidement une des leurs. Un jour, alors qu'elle se dirigeait vers un lieu secret de sabbat, elle apprit par hasard que son mari s'était remarié et qu'il était maintenant père de deux garçons et d'une jolie petite fille! Le cœur de Baya Gaya se remplit d'une haine féroce pour la nouvelle famille. Les dieux l'avaient privée du bonheur de donner la vie, de la joie de vivre entourée d'enfants, de l'amour de son mari et de la tendresse de ses proches! Ils allaient le payer cher! Baya

Gaya allait faire payer au monde entier son infortune. Plus personne ne serait en sécurité, à commencer par les enfants.

Baya Gaya devint une sorcière revêche et hargneuse. Elle s'initia aux rites anciens de la magie noire, apprit à concocter d'étranges potions avec des herbes secrètes. En quelques années, la nouvelle recrue devint la meilleure d'entre toutes et fut élue supérieure de son ordre. Lorsqu'elle eut la certitude qu'elle savait tout de l'art de la sorcellerie, Baya Gaya commença à se débarrasser de ses consœurs. Comme elles ne lui servaient plus à rien, elle les élimina une à une. Elle les empoisonna jusqu'à la dernière.

Puis l'heure de la vengeance sonna! Baya Gaya enleva les enfants de son ancien mari et les assassina dans la forêt à grands coups de couteau. Ensuite, elle mit un champignon venimeux dans les réserves d'eau potable du village et regarda, de loin, mourir près de la moitié de ses anciens amis. Elle envoya ensuite la peste pour éliminer les survivants.

Baya Gaya captura Gunther, son ancien mari, affaibli par la maladie, et lui arracha le cœur. La sorcière ensorcela l'organe pour qu'il continue à battre, et le mit dans un bocal contenant un épais liquide visqueux. Elle était vengée! De cette façon, le cœur de

Gunther battrait pour elle et exclusivement pour elle, jusqu'à la fin des temps.

Puis, ravie de ses pouvoirs et de sa puissance, Baya Gaya perpétra d'innombrables autres crimes dans les villages environnants. Elle volait des enfants pour les faire bouillir vivants. Avec leurs restes, elle concoctait des potions et des élixirs. Devant cette terrible menace, les populations quittèrent leurs maisons et abandonnèrent les villages. Baya Gaya se retrouva bien vite seule dans l'immense forêt. Pour alimenter son désir croissant de destruction, elle commença à s'attaquer aux animaux vivant sur ses terres. Comme les mammifères avaient maintenant tous fui, il ne lui restait que les oiseaux à éliminer. Voilà pourquoi, aujourd'hui, elle les empoissonnait en pestant contre le printemps, contre les bourgeons naissants et contre toute cette vie qui éclatait dans la forêt. Baya Gaya détestait tout ce qui était sur le point de naître !

La vieille femme termina sa tâche meurtrière et revint à sa chaumière. Dès qu'elle passa le seuil de la porte, elle cria :

– Je suis de retour à la maison, brave Gunther ! J'espère que tu ne t'es pas trop ennuyé...

La sorcière s'adressait au pot dans lequel battait le cœur de Gunther, son ancien mari. Elle lui parlait tout le temps.

– Je suis allée nourrir ces petites vermines. Demain, il y en aura beaucoup moins, tu vas voir ! Oh oui, Gunther ! Je te le confirme, il y en aura de moins en moins ! Nous aurons bientôt la paix et tous ces chants se tairont définitivement. Allons, Gunther, ne fais pas la tête… Tu es fâché ? Tu penses à ta deuxième femme ? Oui, Gunther, c'est vrai qu'elle chantait bien, elle aussi. Avant, bien sûr, que je lui coupe la langue et lui ouvre le ventre avec un poignard. Tu te rappelles comme elle criait ? Ah, quand j'y repense, ce souvenir me remplit de joie ! Ce doit être le printemps qui me rend ainsi… Quels beaux souvenirs nous avons, Gunther ! Quels beaux souvenirs !

Baya Gaya s'approcha d'une grande table en bois. Le meuble occupait presque toute la place dans la chaumière. La sorcière s'assit lourdement sur une chaise et balaya la pièce du regard. Il y avait un lit dont les couvertures étaient répugnantes ; une cheminée complètement noircie par la suie et dans laquelle pendait un chaudron fumant ; une bibliothèque en désordre où livres, pots d'ingrédients, ossements humains, crânes d'enfants, petits animaux desséchés et autres babioles servant à la magie noire se disputaient l'espace sur les tablettes. Une fenêtre aux carreaux opaques et le cœur de Gunther, prisonnier

14

dans son liquide verdâtre, complétaient le décor.

– Faudra penser à agrandir ! s'exclama la sorcière en regardant son pot. N'est-ce pas, Gunther, que nous sommes à l'étroit ici ? Il faudrait au moins faire un peu de ménage… Je pense que la dernière fois que j'ai lavé quelque chose, c'était le crâne de ton premier fils après que je lui aie coupé la tête. Ah, le coquin ! Il ne voulait pas se laisser faire et j'ai dû lui couper un doigt pour le calmer… Eh bien, tu sais ce qui est arrivé ? Il ne s'est pas calmé du tout et il s'est remis à crier de plus belle ! Hi ! Hi ! Hi !… C'était vraiment un magnifique petit garçon ! Courageux en plus ! Il m'a même craché au visage avant que je l'égorge… Oui, oui, Gunther, courageux comme toi !

On frappa trois coups à la porte de la chaumière. La sorcière sursauta et poussa un petit cri de panique. Bouleversée, elle regarda le cœur de son ancien mari et murmura :

– Mais qui peut bien venir frapper à ma porte ? Que dois-je faire, Gunther ? Pardon ? Oui ! C'est une bien bonne idée…

La vieille femme empoigna un long couteau rouillé et le dissimula derrière son dos. Comme elle se dirigeait vers la porte, trois autres coups retentirent violemment.

– J'arrive ! cria la sorcière sur un ton qu'elle

s'efforça de rendre aimable. Je suis seule, vieille et je marche lentement…

Baya Gaya ouvrit lentement la porte. Les gonds grincèrent et effrayèrent les oiseaux dans les bois environnants. Devant elle, à trente pas, un loup gris était assis et la regardait paisiblement. La sorcière jeta un coup d'œil à gauche, puis à droite, et finit par demander à l'animal :

– C'est toi qui veux me voir, sale bête ?

– C'est moi qui veux vous voir, confirma le loup d'une voix profonde en articulant très bien chacun de ses mots.

– Un loup qui parle ! s'étonna la sorcière. Tu devrais voir ça, Gunther, il y a un loup qui parle devant chez nous ! Je déteste les loups…

En prononçant ces paroles, Baya Gaya dévoila son couteau. Avec une incroyable agilité et une force remarquable, vu son grand âge, la sorcière lança son arme sur le loup. La bête attrapa la lame avec sa gueule et, d'un rapide mouvement, il renvoya le couteau vers la sorcière. L'arme se logea dans l'épaule de la vieille femme qui, sous la violence du coup, s'affala par terre en hurlant de douleur.

– Ah, le méchant loup ! Tu as vu, Gunther, ce que le loup m'a fait ? Tu as vu ? Ah, la vilaine créature ! Je vais lui crever les yeux et lui arracher la peau…

16

La bête ne bougea pas d'un poil et attendit que la sorcière se remette sur pied. Baya Gaya se leva et retira le couteau de son épaule. Elle saignait abondamment.

– Que me veux-tu, misérable bête? demanda-t-elle. Tu t'amuses à faire souffrir les vieilles dames? Tu aimes terroriser les pauvres femmes sans défense?

– Vous me distrayez beaucoup, dit le loup en esquissant un sourire. Je viens ici de la part de mon maître pour vous demander un service.

– JAMAIS! hurla la sorcière. Jamais je ne rends service à personne et ce n'est pas aujourd'hui que je vais commencer. Va dire à ton maître que je suis une vieille femme et qu'il me laisse en paix.

– Mais, vous êtes bien Baya Gaya? demanda la bête. Vous êtes la plus terrible des sorcières de ce monde, n'est-ce pas?

– Tes compliments arrivent un peu tard! répondit brusquement la vieille. Pars!

– Très bien, conclut le loup. Je pensais que tuer des enfants vous intéresserait encore… Pardonnez-moi, je pars…

– UN INSTANT! cria Baya Gaya. Tu es d'une grave impolitesse… Tu me déranges, me plantes un couteau dans l'épaule et tu pars sans me dire pourquoi tu es ici! Entre, nous allons manger quelque chose!

– Mon maître m'a conseillé de ne pas vous approcher. Je risquerais de finir en potage…

– Ton maître est un homme avisé! Qui est-il?

– Il se nomme Loki.

– Lo… Lo… Lo… o… ki! balbutia la sorcière. Tu… tu es le loup… le loup de Loki… le dieu du Feu et de la Discorde?

– Oui, je le suis, confirma la bête en inclinant lentement la tête.

– Tout est différent maintenant! dit la sorcière, embarrassée. Tu entends, Gunther, c'est le loup du dieu Loki qui nous rend visite… N'est-ce pas charmant? Mais quelle belle surprise!

– Mon maître a un boulot pour vous, lança la bête. Il veut que vous assassiniez deux enfants qui le gênent. C'est simple, n'est-ce pas?

– Très simple! Facile même! s'exclama la sorcière avec un rire arrogant. Puis-je savoir pourquoi Loki désire se débarrasser des petits fripons?

– Cela ne vous regarde pas, répondit sèchement le loup. Vous tuez les enfants, c'est tout!

– Et que puis-je espérer en échange? demanda naïvement la vieille.

– Rien! Sinon sa considération.

– Et si je refuse? fit la sorcière sur le même ton.

– Son courroux vous poursuivra jusque dans l'autre monde !

– C'EST CHARMANT ! cria vigoureusement Baya Gaya. Tu entends, Gunther, nous allons travailler tout à fait gratuitement pour Loki. C'est une chance inespérée pour nous ! Quel plaisir nous allons avoir à servir ce dieu si généreux envers nous ! Dites-moi, monsieur le loup, comment se nomment ces deux adorables petits poussins que je dois égorger ?

– Il s'agit de deux garçons. L'un se prénomme Amos Daragon et l'autre, Béorf Bromanson. Ils se trouvent tous les deux dans le village côtier d'Upsgran, à sept cents lieues d'ici. Ils prendront bientôt la mer et ils ne doivent jamais atteindre leur destination. Vous pouvez les empoisonner, les égorger ou encore les noyer… La méthode n'intéresse pas Loki, mais vous devez impérativement vous en débarrasser ! Je dois vous avertir que le jeune Amos est magicien. Béorf est, quant à lui, un hommanimal de la race des béorites. C'est un garçon qui peut se transformer en ours quand il le désire. Avez-vous des questions ?

– Non, mais non ! Gunther et moi partirons ce soir… Ne vous en faites pas, nous nous préparerons conséquemment. J'ai seulement une petite question… Pouvons-nous disposer, Gunther et moi, du cadavre de ces enfants ? Les jeunes humains font une excellente huile et j'ai hâte d'essayer les yeux du béorite dans une de mes potions.

– Oui, affirma le loup gris. Vous disposerez des corps comme bon vous semblera ! Au revoir et bonne chance !

– Je me trouve un peu payée, alors ! termina la sorcière en souriant. Au revoir et ne vous inquiétez pas, le travail sera bien fait…

Le loup se tourna et bondit en direction de la forêt. La sorcière ferma la porte, attrapa un grand coffre vide et le posa sur la table. Elle saisit le pot contenant ce qui restait de Gunther et le plaça dans le coffre ainsi qu'une grande quantité de poudres, de potions et d'autres ingrédients.

– Oui, Gunther, dit-elle, nous allons faire un long voyage. Ne t'inquiète pas, je t'emmène… Mais non, nous ne serons jamais séparés… Ensemble pour toujours, voilà ce qu'est un vrai mariage ! Je prends encore quelques affaires et nous partons pour Upsgran.

Baya Gaya se posa un hennin à deux pointes sur la tête. Ce chapeau conique très souple était fait de cuir d'enfants. La sorcière l'avait teint en noir et décoré d'une large bande brune taillée dans la peau du dos de Gunther. Elle mit une cape bleu foncé sur laquelle on pouvait voir une foule de signes provenant de l'alphabet maudit des démons anciens. Des pentagrammes et des emblèmes zodiacaux étaient brodés sur le pourtour du vêtement et sertis de dents de jeunes enfants. La vieille passa autour de sa taille une ceinture ornée de champignons nommés de façon usuelle «vesses-de-loup» et séparée en son centre par une bourse magique. Elle enfila ses gants en peau de chat et ses poulaines noires - chaussures à l'extrémité pointue et relevée - puis déclara :

– Nous sommes prêts pour le voyage, Gunther. Un peu de patience et nous nous reverrons ! Sois sage dans ce coffre et ne viens pas mettre le désordre dans mes affaires. À plus tard, mon beau Gunther, à plus tard !

La sorcière referma le coffre. Elle le saupoudra ensuite d'une poudre blanche très nauséabonde en prononçant quelques mots incompréhensibles. Le coffre rapetissa jusqu'à devenir aussi petit qu'un dé à jouer. La vieille femme en fit un pendentif qu'elle accrocha avec une chaînette en or à son cou. Puis elle prit son grand bâton de marche, but une potion visqueuse presque transparente et dit :

– Vaslimas mas corbeau, mas mas koite, valimas y jul !

D'un coup, Baya Gaya tomba par terre et se métamorphosa lentement en un gros corbeau noir aux larges ailes. L'oiseau s'ébroua et vola jusqu'à la table. Il portait autour du cou le pendentif en forme de coffre et la chaînette en or. Le corbeau sautilla et se plaça juste en face d'une immense carte fixée au mur. Il croassa :

– Upsgrrrran… Upsgrrrrran !

En quelques battements d'ailes, l'oiseau s'envola par la fenêtre de la chaumière en direction de l'ouest, vers l'océan.

# 2.

# Le printemps d'Upsgran

Tout le village était rassemblé à la taverne, juste à côté du petit port. Des chants joyeux retentissaient dans le grand bâtiment de bois sans fenêtres. Une occasion spéciale réunissait les membres de la communauté béorite : c'était l'anniversaire d'Amos ! Les restes d'un grand banquet, donné en son honneur, traînaient çà et là dans un désordre ahurissant. Béorf présentait maintenant à son ami un immense gâteau au miel et aux noix de quatre étages, garni de treize bougies. La foule applaudit à tout rompre et entonna une chanson traditionnelle d'usage. Amos souffla les bougies sous une autre salve d'applaudissements.

Le jeune porteur de masques reçut en cadeau des vêtements finement tissés par les femmes du village, de solides bottes hautes de printemps, imperméables et très confortables, en plus d'un casque viking à cornes et d'un sac de voyage solide cousu dans une ancienne voile de drakkar.

Banry, chef du village et oncle de Béorf, prit la parole :

– Cher Amos, c'est un très grand plaisir pour nous de fêter ton anniversaire aujourd'hui. Depuis notre retentissante victoire sur les gobelins et le dragon de la montagne de Ramusberget, notre peuple a repris confiance en lui. C'est grâce à toi et nous t'en remercions vivement !

La foule excitée applaudit en scandant :

– Vive Amos ! Bravo, Amos !

– Je sais, poursuivit Banry, que nous ne pouvons pas remplacer ton père qui a été tué à Berrion, ni ta mère, enlevée par les gobelins et vendue par ces monstres comme esclave. Nous avons cherché sans succès l'endroit où elle a été vendue et nous continuerons à chercher jusqu'à ce que nous la trouvions. L'assurance de notre dévouement dans sa recherche est sûrement le plus beau cadeau que nous puissions te faire en ce jour. Malgré l'angoisse et la peine que peut te causer sa disparition, nous désirons te demander de nous accorder une faveur.

Les béorites commencèrent à découper discrètement le gâteau et à distribuer les morceaux. Malgré le caractère très solennel des propos de Banry, personne n'était capable de supporter plus longtemps la vue du miel dégoulinant sur les noix et l'odeur du glaçage aux myrtilles. On passa une assiette à Banry qui continua à parler tout en mangeant :

– Ta rencontre avec les Brising dans les bois de Ramusberget nous a éclairés sur la malédiction dont est victime notre race. Tu nous as tout dit sur le collier de Brisingamen, la guerre entre Odin et Freyja, puis la façon de rompre le maléfice. Nous devons nous rendre sur l'île de Freyja et la supplier de rompre sa malédiction. La déesse de la Fécondité nous permettra-t-elle de voir à nouveau nos enfants grandir ? Nous l'espérons ! Eh bien, voilà notre requête, nous aimerions que tu nous accompagnes dans cette aventure. Ton aide sera précieuse. Béorf est déjà du voyage. Nous attendions le moment propice pour essayer de te convaincre…

Amos se leva et dit :

– Vous savez que je ne suis pas difficile à convaincre lorsqu'il s'agit de partir pour une nouvelle aventure. Je vous demande cependant quelques jours avant de vous donner ma réponse. Je dois d'abord consulter maître Sartigan pour savoir ce qu'il en pense…

– Prends le temps que tu veux! répondit Banry. Mais je suis certain qu'il n'y verra aucun inconvénient.

La fête se poursuivit dans la joie et l'allégresse jusqu'à tard dans la nuit. Danse traditionnelle et musique folklorique furent au programme de la soirée.

Le lendemain, Amos eut du mal à se réveiller pour se rendre chez Sartigan. Il n'avait pas beaucoup dormi et la musique des béorites lui résonnait encore dans la tête. Le jeune porteur de masques et son ami Béorf habitaient chez Banry. Faisant attention de ne pas les réveiller, Amos engloutit quelques fruits, du pain et un œuf dur, puis marcha rapidement vers la forêt.

Sartigan, le vieil Oriental, l'attendait pour sa leçon quotidienne. Le maître était un ancien chasseur de dragons qui avait survécu, par miracle, au temps. Il était resté presque mille ans prisonnier d'un bloc de glace. Il était maintenant le guide du jeune porteur de masques, l'aidant à atteindre son plein potentiel.

Sartigan était un peu excentrique. Il avait une allure étrange pour les gens des contrées nordiques. Sa barbe, longue de deux mètres, était enroulée comme un foulard autour de son cou. Il était toujours habillé d'une robe de moine orange et, même en hiver, il marchait pieds nus. Son haleine sentait la vieille chaussette. Par contre, le vieillard était un homme sage et Amos aimait beaucoup l'écouter parler.

Depuis leur retour de Ramusberget, Sartigan recevait Amos tous les matins jusqu'à midi, et Béorf trois fois par semaine dans l'après-midi. Le jeune porteur de masques apprenait à contrôler ses énergies tandis que l'hommanimal s'entraînait au combat corps à corps.

Les deux garçons avaient fait de véritables progrès. Amos maîtrisait mieux sa magie et découvrait de jour en jour les pouvoirs que lui prêtaient les trois masques qu'il avait déjà en sa possession, ceux de l'eau, de l'air et du feu. Béorf se battait bien. Ses mouvements étaient plus gracieux, ses déplacements plus efficaces, et ses coups de plus en plus précis. Grâce à cet entraînement soutenu, le gros garçon avait même perdu quelques kilos et il se portait à merveille.

Sartigan avait décidé de s'installer à l'écart du village dans une coquette demeure au milieu de la forêt. Upsgran était trop bruyant et trop animé pour lui. Les béorites l'avaient aidé à construire une petite cabane en bois rond, près d'un joli lac.

Dans ce lieu enchanteur, le vieux Sartigan s'adonnait à la méditation sans que jamais personne ne vienne le déranger. Il parlait de mieux en mieux la langue du pays, mais Amos et Béorf portaient toujours leurs oreilles d'elfe en cristal durant les leçons. Ces oreilles, un cadeau de Gwenfadrille, la reine du bois de Tarkasis, leur permettaient de comprendre et de parler toutes les langues. Les garçons avaient bien essayé à plusieurs reprises de déchiffrer les enseignements du maître en langue nordique, mais ils ne les comprenaient qu'à moitié.

La cabane du vieux Sartigan était aussi l'endroit idéal pour cacher l'œuf de dragon. Les garçons l'avaient ramené dans le plus grand secret du repaire du dragon à Ramusberget. Personne ne devait savoir que cet œuf existait. Les dragons avaient disparu de la surface de la Terre depuis des centaines d'années, et la petite bête qui sommeillait dans sa coquille ne devait pas tomber entre de mauvaises mains. Amos avait fait échouer les dieux dans leur tentative de ressusciter la race des Anciens (c'est ainsi que l'on appelait les dragons) et personne ne devait plus tenter de s'approprier leur force à mauvais escient.

Dans la cabane de Sartigan, l'œuf attendait le moment d'éclore. Son développement avait été subitement interrompu par Amos. Pour briser sa coquille, le petit dragon attendait qu'on le place sur des braises ardentes. Le vieillard estimait que, soumise à une puissante chaleur, la bête pourrait naître en quelques minutes.

Comme d'habitude, Amos entra dans la cabane de son maître sans frapper. Sartigan l'attendait patiemment. Le garçon le salua poliment et alla immédiatement voir l'œuf de dragon. Il caressa doucement sa coquille. Après quelques instants, Amos mit ses oreilles de cristal et dit:

— Nous devrions le faire éclore! Qu'en pensez-vous, Maître?

— Nous pourrions aussi nous jeter en bas d'une falaise ou encore essayer de nous transpercer mutuellement de flèches! s'écria le vieil homme.

Amos éclata d'un rire franc et bien sonore.

— Cela serait du suicide et tu le sais très bien, poursuivit Sartigan. Lorsque le dragon t'a confié cet œuf, tu l'as accepté avec les meilleures intentions du monde. Tu te disais que s'il était convenablement éduqué, ce petit dragon naissant pourrait bien servir l'humanité. Malheureusement, un dragon n'est pas un mouton. Le mouton donne de la laine, et le dragon amène le chaos. La nature profonde de la bête de feu, c'est de détruire, de dominer et de conquérir. Son cœur est ainsi fait! Un dragon est l'antithèse de la paix, il est l'incarnation de la guerre! Même petit, il peut tuer un griffon ou encore réduire à néant un bataillon de soldats bien entraînés. De toute façon, tu sais déjà tout cela… je te l'ai répété cent fois.

— Oui, je sais, dit Amos en souriant. Mais quand vous parlez des dragons, vous vous énervez toujours et votre visage devient tout rouge… Je trouve très drôle de vous voir dans cet état!

— Petit vaurien! s'exclama Sartigan en éclatant de rire. Je n'ai jamais eu d'élèves aussi talentueux et aussi impertinents que toi! Allons, prépare-toi, nous allons commencer par une bonne heure de méditation active.

— Puis-je vous demander conseil, maître Sartigan? demanda Amos, un peu incertain.

— Allez, jeune élève, je t'écoute, répondit le vieillard, redevenu sérieux.

— Les béorites vont bientôt partir pour l'île de Freyja et ils m'ont demandé de les accompagner. J'hésite à cause de ma mère… Ma pauvre maman est prisonnière quelque part dans ce monde et je me dois de la retrouver. Je sais qu'elle est encore en vie! À l'aide de mes pouvoirs, je crée régulièrement des sphères de communication et j'essaie de lui faire parvenir des messages encourageants. Malheureusement, elle ne peut pas me répondre pour me dire où elle se trouve! Dois-je me lancer à la recherche de ma mère, alors que je n'ai pas d'indices et pas de pistes à suivre, ou partir avec les béorites et les aider de mon mieux? Je suis tiraillé entre mon amour pour ma mère et mon amitié envers Béorf et les gens d'Upsgran. Je ne veux pas déplaire aux béorites et je ne veux pas paraître insensible au destin de ma mère. Si je pars pour l'île de Freyja, les gens diront que…

– «Les gens diront…», reprit très lentement Sartigan en appuyant sur chacun des mots. Mon avis sur le choix que tu as à faire n'est pas important et les gens peuvent bien dire ce qu'ils veulent… Je t'explique pourquoi. Un jour, alors que je demandais conseil à mon maître sur la meilleure façon de me comporter afin de plaire à autrui, celui-ci me dit de le suivre au village. Mon maître monta sur un âne, me tendit la bride et me demanda de l'amener sur la place du marché. Arrivés à destination, j'entendis des hommes dire: «Regardez cet ingrat de vieux moine qui monte à dos d'âne alors que son novice est à pied! Les moines sont de fameux égoïstes!» Le lendemain, nous avons recommencé l'exercice mais, cette fois, c'est moi qui étais assis sur l'âne. Les mêmes hommes déclarèrent haut et fort: «Ce novice n'a aucune éducation! Il laisse marcher son maître, un vieux moine fatigué et fourbu! Décidément, les bonnes manières se perdent!» Le troisième jour, essayant de faire l'unanimité, nous sommes retournés au village à pied en traînant la bête derrière nous. Les commentaires furent: «Regardez ce stupide moine et son novice! Ils ne sont pas assez intelligents pour monter sur leur âne et s'éviter des pas! Les moines n'ont plus la sagesse qu'ils avaient!» Le quatrième jour, nous sommes montés tous les deux sur l'âne. Le discours avait encore une fois changé: «Voyez ces moines qui n'ont aucune pitié pour la pauvre bête! On ne peut décidément pas faire confiance aux moines!» Pour pousser davantage le ridicule, nous portâmes ensemble l'âne le cinquième jour. On entendit de toute part: «Les moines sont complètement fous, regardez comment ils agissent! Les monastères sont de véritables maisons de demeurés!» Ai-je besoin maintenant de t'expliquer la morale de mon histoire?

— Non, dit Amos en rigolant. Je comprends que, quoi que je fasse, je ne ferai jamais l'unanimité et que l'opinion des autres est variable et instable.

— Ne fais jamais rien pour te conformer à ce que pensent les autres, reprit Sartigan. Tu dois sentir en toi le chemin qu'il faut prendre. Moi, je ne suis pas là pour t'indiquer le chemin, je suis là pour faire la route avec toi.

– Merci beaucoup ! répondit Amos. Vous m'êtes d'une aide précieuse.

– Méditons maintenant, fit le vieillard en prenant la position du lotus.

– Une dernière chose avant de commencer, demanda le garçon en s'esclaffant, vous avez véritablement porté un âne sur vos épaules ?

– Tais-toi, ordonna gentiment le maître, nous reparlerons de cela plus tard… bien plus tard !

* * *

Alors qu'il venait de quitter la demeure de Sartigan, Amos croisa Béorf dans la forêt, qui s'y rendait pour sa leçon. Le gros garçon sembla soulagé :

– Ouf, je suis content de te voir ! J'ai oublié mes oreilles d'elfe en cristal… Tu me prêtes les tiennes ? Je vais y faire très attention.

– Avec plaisir, Béorf. Sartigan parle de mieux en mieux en nordique, mais pas encore assez bien pour enseigner dans notre langue.

– Alors, dis-moi, tu nous accompagnes à l'île de Freyja ? demanda Béorf en rangeant les oreilles d'elfe d'Amos dans son sac.

– Oui, je pense bien que oui. Je vais suivre le chemin que je crois être le meilleur pour l'instant.

– Je suis bien content! lança Béorf en poursuivant son chemin. Je suis déjà en retard et Sartigan va encore me gronder! On va à la pêche avant le coucher du soleil?

– Oui, d'accord. À plus tard!

Amos se rendit au petit port d'Upsgran. Là, sur le plus gros des drakkars, Banry discutait avec Kasso et Goy Azulson. Les deux frères semblaient dans tous leurs états. Kasso était le navigateur du drakkar. Contrairement aux autres béorites, il était très maigre, mangeait peu et surveillait sa ligne afin d'éviter les kilos en trop. Goy était tout le contraire. Guerrier accompli et rameur endurant, il était trapu, avait de bonnes épaules, un large cou et mangeait sans se préoccuper de sa bedaine. Kasso était un excellent archer et Goy maniait l'épée avec brio. Ensemble, ils formaient un duo imbattable, même s'ils passaient leur temps à se disputer.

– Tu vois, Banry, selon nos cartes, eh bien… il n'y a plus de mer! s'écria Kasso, surexcité.

– PLUS DE MER! s'exclama Goy, bouche bée.

– Non, il n'y a plus rien, continua Kasso. Nous allons tomber dans le vide et nous serons dévorés par le grand serpent!

Amos bondit alors sur le drakkar.

– Bonjour à vous trois! dit-il énergiquement. Qu'est-ce qui se passe, Banry? Vous

34

avez tous l'air bien contrarié…

– Oui, répondit le chef du village et capitaine du drakkar. Nous ne pourrons jamais atteindre l'île de Freyja… Selon les indications des Brising, elle se situe à l'extérieur de notre monde et nous… nous tomberons dans le vide avant de l'atteindre.

– Pardon ? lança Amos, très surpris.

– Laisse-moi t'expliquer, commença Banry. Nous croyons, nous, les béorites, à la même construction du monde que nos voisins, les Vikings. Nous vivons dans un immense frêne nommé Yggdrasil. Ses branches forment le ciel et nous cachent Asgard, le domaine des dieux. Il y a aussi, au ciel, un colossal palais, fait de bois rond, où la fête ne cesse jamais. C'est Walhalla, l'endroit où les âmes des braves guerriers morts au combat trouvent le repos éternel. Tu comprends ?

– Intéressant ! fit Amos. C'est aussi très poétique comme conception du monde.

– Au centre de cet arbre, poursuivit Banry, il y a un disque plat entouré d'eau sur lequel reposent la terre et les montagnes. C'est le monde des hommes, notre monde ! Si, en naviguant, nous allons trop loin en mer, eh bien… nous tomberons dans le vide. Si cela devait nous arriver, nous serions immédiatement dévorés par Vidofnir, le grand serpent gardien. Cette bête veille à ce que les humains restent sur la Terre et ne dépassent pas les limites permises par les dieux. Les racines d'Yggdrasil plongent ensuite profondément dans l'enfer de glace, le domaine des géants. C'est là que se retrouvent les âmes des lâches et des peureux, les âmes des guerriers morts dans le déshonneur.

— Alors, tu vois bien, enchaîna Kasso, l'île de Freyja est à l'extérieur de nos cartes. Nous ne pourrons jamais nous y rendre. Elle se trouve dans le vide, dans un endroit où nous ne sommes pas autorisés à aller !

— Et le serpent Vidofnir va nous dévorer ! lança Goy, inquiet.

— Mais…, hésita Amos, il doit sûrement y avoir un moyen d'atteindre cette île ?

— Il nous faudrait Skidbladnir ! répondit Banry en riant. On l'appelle aussi le bateau des dieux. Ce vaisseau, construit par les nains, glisse sur terre, sur la mer et dans les airs. Il est assez grand pour transporter tous les dieux et une armée entière de Vikings. De plus, il peut aussi se replier et prendre la taille d'un mouchoir. Dans les légendes, on dit qu'il ressemblait à un dragon ailé et que sa voile, toujours tendue à son maximum par le vent, propulsait le navire à de folles vitesses.

— Malheureusement, nous n'avons que ce

bateau ! laissa tomber Kasso. Et notre drakkar est loin de ressembler à Skidbladnir !

Amos prit quelques minutes pour réfléchir et dit :

– D'un côté, à cause de la malédiction de Freyja qui fait mourir vos enfants en bas âge, les béorites sont voués à la disparition. De l'autre, il semble bien que nous mourrions probablement tous en essayant d'atteindre l'île de la déesse. Et même si nous réussissions, rien ne prouve qu'elle veuille bien entendre notre plaidoyer…

– Mais que faire alors ? demanda Goy, complètement dépassé.

– Je crois, continua Amos, que le monde est comme un renne et que nous sommes des aveugles !

– Je ne vois pas ce que tu veux dire, fit Banry, intrigué.

– C'est Sartigan qui m'a raconté cette histoire. Un jour, on plaça quatre aveugles devant un renne et on demanda à chacun d'eux de décrire la bête. Le premier s'avança et toucha ses bois ; il dit immédiatement qu'un renne ressemblait à un arbre. L'autre toucha sa queue et affirma qu'un renne ressemblait à un lapin. Le troisième tâta sa patte et son sabot. Il déclara que le renne était semblable au cheval. Quant au quatrième, il glissa sa main dans la bouche de l'animal et décrit le renne comme étant un monstre gluant et puant.

— Je comprends ce que tu veux dire ! s'écria Goy. Il ne faut jamais faire confiance à un aveugle… C'est cela ?

— Non, répondit Amos en rigolant. Cela veut dire que nous sommes des aveugles car nous interprétons le monde selon nos propres petites perceptions. Nous croyons détenir la vérité, mais nous n'avons aucune idée de ce qu'est « un renne ». Nous ne pouvons pas avoir une vue globale de notre univers et, souvent, nous nous trompons !

— Mais je sais ce qu'est un renne ! assura Goy, fier de lui.

— Pour l'amour d'Odin, soupira Kasso, tais-toi, Goy ! Amos nous propose une image, une comparaison…

— Oui, oui…, approuva Goy, très sérieux, en se grattant la tête, je comprends, je comprends !

— Alors, selon toi, continua Banry, nous nous trompons sur l'aspect de notre monde et nous devrions tenter le coup !

— Je pense que nous aurons des surprises, dit le jeune porteur de masques.

— Je suis d'accord ! s'écria Banry. Ce n'est pas la peur qui nous fera reculer. Nous tracerons de nouvelles cartes et atteindrons cette île même s'il faut s'y rendre en volant. Kasso, fais préparer ce drakkar, nous partons dans une semaine. J'ose croire que tu nous accompagnes, Amos?

– Que oui! déclara le garçon. Ce sera un voyage sûrement très divertissant!

# 3

# Le départ vers l'inconnu

Les béorites étaient des gens d'ordre et de tradition. Pour leur dernière expédition dans les contrées vikings de Ramusberget, l'équipage avait été choisi par Banry. Cette fois encore, le chef du village et capitaine du drakkar lança un appel à Upsgran pour recruter des aventuriers.

Helmic l'Insatiable accourut à la taverne pour inscrire son nom tout en haut de la liste des volontaires. Ce béorite était vraiment différent des autres ! Non pas par son courage et par sa force, mais plutôt par son allure physique. Contrairement à ses semblables, il était chauve et imberbe. De petites oreilles, des yeux perçants, une bonne bedaine, des muscles solides et une insatiable envie d'aventures et de découvertes faisaient de ce guerrier un compagnon de voyage idéal. Il fut d'ailleurs le premier choisi par Banry.

De la longue liste de volontaires, Piotr le Géant fut aussi sélectionné. Cet homme-grizzli de près de deux mètres avait la force d'un demi-dieu et le courage d'une armée de Vikings. Ses deux longs favoris tressés en nattes lui donnaient une allure de barbare sauvage. En réalité, il n'y avait pas plus doux que ce colosse de deux cents kilos.

Les frères Azulson, Goy et Kasso furent également choisis, Kasso pour ses qualités de navigateur et Goy pour son ardeur à la rame et au combat.

Banry prit aussi Alré la Hache, principalement pour son endurance physique et son éternelle bonne humeur. Une hache dans chaque main, ce béorite se transformait en véritable tornade dans les batailles. Il était également de très agréable compagnie !

Rutha Bagason dite la Valkyrie, la seule femme du groupe, allait, elle aussi, prendre part à l'aventure. Cette guerrière avait la force de trois hommes et le souci du travail bien fait. C'était elle qui s'occupait de l'approvisionnement du navire. Elle pensait toujours à tout et savait prévoir l'imprévisible.

Hulot Hulson, dit la Grande Gueule, le héros des contrées de Ramusberget, le béorite qui, disait-on, avait tué le dragon d'un seul coup d'épée, n'avait pas mis son nom sur la liste. Il vantait constamment son courage face au dragon, mais refusait, en prétextant une mauvaise grippe, de participer à une nouvelle aventure. En réalité, tout le monde savait bien que Hulot était mort de peur et qu'il ne voulait pas risquer sa vie. Pour rire un peu, ce furent Piotr, Alré et Goy qui l'inscrivirent sur la liste! À son grand désarroi, Hulot fut choisi par Banry. Celui-ci déclara en riant que son drakkar ne pouvait pas se passer d'un aussi grand héros à son bord et que c'était uniquement pour cette raison qu'il avait été sélectionné! Quand Hulot apprit la nouvelle, il régurgita son petit-déjeuner tant la peur le tenaillait.

En incluant Béorf et Amos, l'équipage était complet. Geser Michson dit la Fouine et Chemil Lapson dit les Doigts de fée, compagnons de l'aventure de Ramusberget, acceptèrent avec regret le verdict de Banry. Plusieurs autres béorites, bons guerriers et valeureux marins, furent également laissés de côté.

On chargea le drakkar comme un navire marchand. Les béorites avaient la mauvaise habitude d'amener d'incroyables quantités de nourriture. Il y avait des saucisses séchées, du poisson salé, du miel et des noix. Des quartiers complets de sangliers soigneusement fumés, des patates en quantité, toutes sortes de pâtés, de terrines et de tartes. Des pommes et des myrtilles en pot, des œufs durs, quelques tonneaux de vin, plusieurs d'eau potable, des gâteaux, des galettes et différentes purées de légumes. Dans ce drakkar, il y avait de quoi nourrir une armée !

En plus de la nourriture, il y avait des armes, des armures, des boucliers, des casques, des lances de diverses tailles, la grande tente commune, des lampes à l'huile et le matériel nécessaire à la navigation. Tout ce bataclan laissait peu d'espace pour vivre à bord. Heureusement, l'équipage était peu nombreux.

Durant les jours précédant le départ, Amos remarqua avec amusement qu'un gros corbeau noir, toujours posé sur la même branche, les regardait avec attention. Il ne détachait pas ses yeux du navire. Était-ce un bon ou mauvais présage ? L'équipage allait bientôt le savoir.

La veille de l'appareillage, Amos se rendit chez Sartigan pour sa dernière leçon. Le maître avait l'air soucieux. Il lui confia :

– Je sens de mauvaises vibrations. Il y a quelqu'un qui vous veut du mal… Je n'arrive pas clairement à expliquer ce que je ressens…

Fais attention à toi. Tu es très malin, mais il y a des forces dans ce monde qui le sont plus que toi. On essaiera de te tendre un piège. Béorf est aussi menacé… Je le sens bien. Garde toujours la tête froide et conserve ta vivacité d'esprit. Ne te laisse pas embrouiller !

— Très bien, répondit Amos, un peu ébranlé. Je ferai très attention à moi et je préviendrai Béorf de se tenir sur ses gardes.

— Une autre chose, continua Sartigan, tu vas amener l'œuf de dragon avec toi. J'ai décidé de partir quelque temps…

— Où irez-vous, Maître ? demanda le jeune porteur de masques, très surpris.

— Tu as ta voie à suivre et j'ai la mienne, lança amicalement le vieillard qui désirait garder son secret.

— Alors, faites bien attention à vous ! Je ne voudrais pas vous perdre, j'ai encore beaucoup à apprendre.

— Non, tu ne me perdras pas… J'annule ta leçon d'aujourd'hui. Je donnerai l'œuf à Béorf lorsque je le verrai cet après-midi. Je lui demanderai de le cacher dans le drakkar. Il est habile pour dissimuler des choses. Malgré la taille de cet œuf, je suis sûr qu'il le cachera bien.

— C'est un gros risque que nous prenons en emportant cet œuf !

– Oui, mais je… Enfin, c'est un risque calculé, disons… Pars et bonne chance, mes pensées t'accompagnent !

– Au revoir et soyez prudent aussi ! lui lança Amos en quittant la petite maison.

* * *

L'équipage se mit en route dans la fraîche matinée d'une belle journée de printemps. Tout le village était rassemblé au port pour saluer les aventuriers. Le vent s'engouffra dans la voile, et le drakkar vogua dans le soleil levant. Les béorites, ramant avec énergie, avaient fière allure ! À la poupe, Banry tenait le gouvernail tandis que Kasso, à ses côtés, regardait les cartes maritimes. À bâbord, les rames étaient manœuvrées par Béorf à l'avant, Alré la Hache et Helmic l'Insatiable au milieu, et Rutha la Valkyrie à l'arrière. À tribord, Amos était à la proue, Goy et Hulot au milieu et Piotr le Géant à l'arrière. Le voyage débuta dans l'allégresse et la joie, les rameurs suivant le rythme d'une chanson à répondre.

Au début de l'après-midi, Kasso demanda l'assistance d'Amos. Banry remplaça le garçon à l'avant du drakkar, et le navigateur prit la barre.

– Regarde, Amos, je viens de trouver dans mes livres de voyage une note très étrange. Il s'agit d'un bouquin de navigation qui a appartenu à mon arrière-grand-père. Selon ses écrits, lui et son équipage étaient arrivés par mégarde à une grande barrière de brume infranchissable. Il écrit que l'Homme gris veille sur cette barrière et qu'aucun humain n'est autorisé à la franchir. Connais-tu cet Homme gris?

– Cela ne me dit rien, mais je vais chercher…, répondit Amos en se dirigeant vers l'endroit où se trouvait son sac de voyage.

Il y prit son grand livre noir: *Al-Qatrum, les territoires de l'ombre.* Ce bouquin, qu'il avait emprunté dans la grande bibliothèque du défunt père de Béorf, contenait une foule de renseignements sur les créatures étranges et insolites du monde. Amos y avait déjà trouvé quantité d'informations utiles.

Ainsi, sur la route qui l'avait mené à Upsgran, le porteur de masques avait appris ce qu'étaient les molosses hurlants. Ces gros chiens noirs, gardiens de trésors, s'étaient volatilisés devant ses yeux pour s'incarner magiquement dans un collier. Sans *Al-Qatrum,* Amos n'aurait absolument rien compris à ce phénomène! Il avait donné le collier à Béorf. Depuis ce jour, le gros garçon le portait en tout temps.

En cherchant bien dans le livre, Amos découvrit qui était l'Homme gris. Aussi appelé Far Liath, An Fir Lea ou Brolaghan, ce géant semblait être le gardien d'un lieu nommé « la Grande Barrière ». Son corps, constitué de brume marine, apparaissait quand le brouillard était très dense. Sa mission était de couler les navires pour empêcher les humains de franchir le seuil du monde. *Al-Qatrum* le décrivait comme une créature immense, impossible à vaincre. Plusieurs très bons navigateurs avaient jadis essayé de traverser l'Homme gris et son mur de brouillard. Ils n'étaient jamais revenus de leur voyage.

— Ce n'est pas rassurant ! s'exclama Kasso lorsque le jeune porteur de masques lui fit part de sa découverte. As-tu un plan, Amos ?

— Non, pas encore. Il est évident que nous croiserons cet Homme gris sur notre route et il nous faudra réussir là où les autres ont échoué. Je vais devoir y penser très sérieusement…

— Oui, penses-y bien ! Au rythme où nous naviguons, je ne serais pas surpris de le voir dans quelques semaines. Cela peut paraître long, mais c'est très peu de temps pour nous préparer à cette rencontre. Tu sais, ce drakkar doit aller où jamais un béorite n'a mis les pieds et…

— Pardon ? dit Amos brusquement.

— Je dis que jamais un béorite n'a mis les pieds là où…, répéta Kasso avant de se voir interrompre à nouveau.

– Mon cher Kasso, l'interrompit le garçon avec un grand sourire, tu viens tout juste de me donner la solution pour traverser ce mur de brouillard et convaincre l'Homme gris de nous laisser passer!

– Comment? demanda le navigateur, étonné.

– Tu vas voir…, dit Amos en lui faisant un clin d'œil. J'ai mon plan… Je vous l'expliquerai plus tard.

# 4

# Otarelle

Après une semaine de voyage, le drakkar était toujours en mer. Les béorites avaient peu mangé et beaucoup ramé. Ils commençaient à devenir agressifs et espéraient mettre bientôt le pied sur une île. Ils avaient besoin de bien se repaître et de dormir quelques jours d'affilée. Kasso avait repéré sur ses cartes un bout de terre où ils pourraient se reposer. Malheureusement, l'île était encore invisible dans l'immensité de cet océan.

— Alors, on arrive? cria Piotr le Géant. J'en ai marre de ramer jour et nuit.

— Je ne comprends pas…, répondit Kasso en haussant les épaules. L'île devrait être là, juste devant nous! De l'endroit où nous nous trouvons, nous devrions la voir.

– Si on avait un bon navigateur aussi, reprocha Goy, on y serait peut-être déjà sur cette foutue île !

– Attention, mon frère ! menaça Kasso. Si tu me cherches, tu vas me trouver !

– NOUS SOMMES PERDUS ! cria Hulot, paniqué. Nous ne toucherons jamais terre, nous ne reverrons jamais Upsgran ! Je suis certain que nous tournons en rond depuis deux jours…

– Mais non, intervint Banry, nous ne tournons pas en rond et tout se passe exactement comme prévu. La mer est belle, le vent est bon et nous nous reposerons bientôt !

– Je suis CERTAIN que nous sommes perdus et c'est de ta faute, Kasso ! insista Hulot en s'agitant derrière sa rame. Tu as perdu ton don ! Voilà ce qui se passe ! Freyja est contre nous et nous mourrons tous en mer.

– Tais-toi, Hulot ! ordonna Banry. Tu nous sapes le moral. Il reste encore des provisions pour un mois… Tu ne mourras sûrement pas de faim !

– Je vais monter au mât, dit Kasso. Tiens le cap, Banry. J'aurai une meilleure vue de là-haut.

Kasso scruta l'horizon avec minutie. Rien ! Il n'y avait rien à des lieues à la ronde. Alors qu'il allait redescendre, son attention fut attirée par un objet qui flottait non loin du drakkar.

– Je vois quelque chose, cria-t-il. Vire à bâbord, Banry… On dirait… mais oui, cela ressemble à un corps qui flotte !

Le navire s'approcha doucement de l'endroit qu'indiquait Banry. À leur grande surprise, les béorites constatèrent qu'il s'agissait bel et bien d'un corps. Celui d'une jeune sirène !

Après l'avoir hissée à bord, on l'allongea délicatement sur le plancher du drakkar. Les hommes-ours, qui n'avaient jamais vu de sirène de leur vie, la regardaient sans savoir quoi faire, ni comment lui porter secours. Habitués aux horribles merriens qu'ils avaient souvent combattus, ils étaient surpris par la délicate beauté de cette créature de la mer. Elle avait les cheveux très longs et très noirs dans lesquels jouaient des reflets bleutés. Sa peau, blanche comme la première neige de l'hiver, faisait ressortir ses lèvres vermeilles. Elle portait au cou une chaînette en or dont le pendentif était un petit coffre de bois. Habillée d'un léger vêtement d'algues marines, d'une ceinture de coquillages blancs reliés les uns aux autres et séparés en leur centre par une bourse en cuir, la pauvre sirène semblait respirer difficilement. Elle n'avait évidemment pas de jambes, mais une magnifique queue de poisson aux nageoires bien pointues.

En regardant le visage ahuri des membres de l'équipage, Amos se rappela sa première rencontre avec une sirène. C'était dans le royaume d'Omain, dans la baie des cavernes. Crivannia, princesse des eaux, lui avait offert une pierre blanche et confié la mission de se rendre au bois de Tarkasis. C'était grâce à elle qu'il était devenu porteur de masques, grâce à cette première aventure qu'il avait rencontré Béorf.

Amos se pencha naturellement vers la sirène pour écouter les battements de son cœur. Il battait très faiblement! Le jeune porteur de masques essaya de la ranimer en lui parlant doucement à l'oreille. En même temps, en utilisant ses pouvoirs, il força l'air à pénétrer dans les poumons de la jeune rescapée. Elle respira immédiatement avec plus de facilité.

La sirène ouvrit alors lentement les yeux. Amos plongea son regard dans de magnifiques prunelles noires et profondes qui l'ensorcelèrent. Il sentit son cœur s'emballer, ses mains devenir moites et sa bouche s'assécher. Le jeune porteur de masques venait, à cet instant précis, de connaître pour la première fois l'amour.

— Bonjour, dit la belle sirène d'une voix mélodieuse. Je m'appelle Otarelle. Qui es-tu, jeune homme, et qui sont ces hommes qui m'entourent? Où suis-je?

– Une question à la fois, Otarelle! répondit tendrement le garçon. Je m'appelle Amos Daragon, ces hommes sont des amis et tu es sur un drakkar. Nous venons à l'instant de te repêcher! Tu flottais, inconsciente, à la dérive.

– Je ne me rappelle plus ce qui est arrivé…, déclara Otarelle en essayant de s'asseoir.

– Reste allongée encore un peu, lui conseilla Amos. Tu dois reprendre des forces. La mémoire te reviendra sûrement ensuite…

– Tu es d'une grande délicatesse, jeune homme. J'ai eu de la chance d'être sauvée par de bonnes âmes! De plus, tu es plutôt joli garçon…

Amos devint rouge comme une pomme bien mûre et tout l'équipage éclata de rire. On se moqua gentiment de lui. Béorf s'approcha de son ami et lui dit à l'oreille :

– Tu es encore plus joli garçon quand tu es tout rouge!

– Arrête, Béorf, ce n'est pas drôle! se défendit Amos en repoussant son ami. Je suis rouge… je suis rouge parce que… parce que j'ai pris un coup de soleil! Voilà, c'est tout!

– Bizarre! Il n'y a pas de soleil aujourd'hui. Je dirais même que le temps est couvert…

– Ah, heu… Tu me casses les pieds, Béorf! Mêle-toi de tes affaires et rame. Ce n'est pas avec tes bêtises que nous trouverons cette île !

— D'accord, joli garçon! répliqua Béorf. Je me tais.

— TERRE! JE VOIS LA TERRE! cria Hulot à pleins poumons. NOUS SOMMES SAUVÉS, NOUS SOMMES SAUVÉS!

— TAIS-TOI, HULOT, ET RAME! ordonna Banry. Nous ne sommes pas sauvés parce que nous n'étions pas en péril! Kasso avait raison, l'île est juste là... Allons-y, mes amis!

* * *

Poser le pied sur l'île fut un grand soulagement pour tous les membres de l'équipage. Les béorites étaient d'excellents navigateurs, mais ils étaient plus à l'aise sur la terre ferme.

On monta rapidement la grande tente et on sortit les provisions. Hulot commença à cuisiner pendant qu'Amos et Béorf préparaient un endroit pour accueillir la jeune sirène. Après tout, elle ne pouvait pas marcher et...

— Puis-je vous aider à faire quelque chose? demanda Otarelle.

Elle était à côté d'eux, bien plantée sur deux jambes! Béorf eut une expression d'incompréhension. Mais où était donc passée sa queue de poisson?

Otarelle portait une longue jupe bleu foncé très légère et des souliers pointus. Amos se frotta les yeux et balbutia :

– Mais… ta queue de… Tu… mais tu as des jambes !

– Mais oui, répondit le plus innocemment du monde la sirène. Nous, les sirènes, pouvons aussi nous adapter aux conditions terrestres.

– C'est merveilleux ! s'exclama Amos en souriant affectueusement.

– Je n'ai jamais entendu parler de cela ! s'étonna Béorf. Si les sirènes ont ce pouvoir, comment se fait-il, Amos, que lorsque tu as rencontré Crivannia, elle s'était réfugiée dans une grotte près de la mer au lieu de fuir plus loin dans les terres ? Elle était pourchassée, non ?

– Arrête de chercher des poux à Otarelle ! répondit agressivement le porteur de masques. Elle doit savoir ce qu'elle dit, puisque C'EST une sirène !

Puis, se tournant vers Otarelle, il murmura :

– Je suis désolé pour Béorf, il est un peu bêta parfois !

– Mais non, ce n'est rien, dit Otarelle en posant délicatement sa main sur l'épaule d'Amos.

– Pardon ? s'écria Béorf. Tu viens de dire que, MOI, je suis bêta ! ! !

– Arrête, Béorf, tu es trop soupe au lait! lui lança Amos sur un ton sec.

– Bon, je préfère partir... On se verra plus tard.

Amos ne retint pas son ami et se mit à converser avec Otarelle. Ils firent un feu de camp à l'écart des autres membres de l'équipage. Amos étendit une grande couverture près du feu et, ensemble, ils mangèrent devant un magnifique coucher de soleil. Les deux tourtereaux discutèrent longuement de choses et d'autres, apprenant ainsi à mieux se connaître. Otarelle était splendide et Amos buvait ses paroles comme un assoiffé dans le désert. Il eut l'impression, à un moment donné, que le temps s'était arrêté.

Après leur gargantuesque repas, les béorites allèrent bien vite se coucher dans la grande tente. Béorf vint dire bonne nuit à son ami, mais Amos, absorbé par les propos de sa nouvelle copine, n'entendit rien et l'ignora complètement.

– Mais que se passe-t-il? demanda innocemment la sirène d'une voix cristalline. Tout l'équipage est parti se coucher?

– Oui, confirma Amos. Ils vont sûrement dormir trois jours! Nous serons seuls pendant tout ce temps. J'espère avoir assez de conversation pour ne pas t'ennuyer!

– Je crois que tu n'es pas le genre de garçon avec lequel on s'ennuie ! lança Otarelle sur un ton complice. Raconte-moi, tu es magicien ? C'est bien ce que tu m'as dit ?

Amos ne se rappelait pas lui avoir parlé de ses pouvoirs, mais il chassa vite ses doutes. Otarelle était si jolie…

– Oui. Je suis porteur de masques.

– Intéressant, mais qu'est-ce que tu fais comme magie ?

– J'ai été choisi par la Dame blanche pour rétablir l'équilibre du monde ! se vanta Amos. Ce n'est pas qu'une petite tâche ! Je dois trouver quatre masques, reliés aux quatre éléments, et seize pierres de puissance. Plus je possède de pierres et plus mes pouvoirs sur l'air, le feu, l'eau et la terre sont grands !

– Et où sont-ils, ces fameux masques, monsieur le grand magicien ? demanda la coquine Otarelle.

– Je ne les ai pas… Enfin, oui, je les ai, mais je ne peux pas te les montrer. Ils sont intégrés à mon corps. J'ai trouvé en premier le masque de l'air, puis le masque du feu et dernièrement le masque de l'eau. Je ne possède que trois pierres de puissance, une pour chaque élément ! Elles sont aussi intégrées à mon corps.

– Très intéressant comme façon d'acquérir de la magie, mon cher Gunther! murmura Otarelle.

– Pardon? fit Amos. Pourquoi m'appelles-tu Gunther? Tu as oublié mon nom?

– NON! répliqua nerveusement Otarelle. Je ne l'ai pas oublié… C'est que… que… mon frère s'appelait Gunther et que… je me sens aussi bien avec toi qu'avec lui… Alors, tu comprends, j'ai confondu! Pardon!

– C'est bizarre, lança nonchalamment Amos, je croyais que les sirènes étaient toutes des femmes?

– Oui… oui et non, ça dépend de… de… de leur sexe à la naissance, balbutia Otarelle, complètement perdue. MAIS DIS-MOI! TOI! Parle-moi un peu de toi. Je veux te connaître davantage…

Amos se transforma alors en un véritable moulin à paroles. Il lui raconta toutes ses aventures, son enfance dans le royaume d'Omain et, surtout, la grande bataille contre le dragon de Ramusberget.

Pendant ce temps, Otarelle eut amplement le temps de saisir discrètement le grand couteau qu'elle avait caché dans les plis de la couverture et de planifier mentalement son attaque.

Baya Gaya allait trancher la gorge d'Amos, juste sous le menton. Elle cacherait ensuite son corps quelque part sur l'île. De retour au camp, elle prendrait la forme physique du jeune garçon et attendrait le moment propice pour assassiner Béorf.

Au moment où la sorcière allait frapper avec force et précision, le jeune porteur de masques lui confia qu'il avait en sa possession un œuf de dragon. La sirène interrompit son mouvement et remit son couteau sous la couverture, puis, plus pétillante que jamais, elle lui demanda :

– Un œuf de dragon ? Tu as un œuf de dragon ! Eh bien, je pense, mon ami, que tu dis cela pour m'impressionner ! Tu as beaucoup de charme, mais je n'avale pas n'importe quelle sornette, tu sais !

– C'est vrai ! s'écria Amos, un peu blessé. Je l'ai même ici, avec moi, sur le navire… Viens, je vais te le montrer ! Ah non… mais non… zut ! Je ne peux pas. C'est Béorf qui l'a caché ! Comme je le connais, il l'aura sorti discrètement à l'accostage pour le mettre ailleurs en sûreté.

– Nous devons donc attendre qu'il se réveille pour lui demander de me montrer cette merveille, soupira Otarelle. C'est vraiment… frustrant !

– Je suis désolé, vraiment désolé, s'excusa Amos.

– Ce n'est pas grave, tu ne paies rien pour attendre! grogna la jeune et douce sirène.

– Qu'est-ce que tu as dit?

– J'ai dit… j'ai dit que ça ne me fait rien d'attendre! reprit Otarelle avec un sourire angélique.

– Bon, je vais dormir maintenant. Je suis épuisé… Tu viens? Béorf t'a sûrement préparé une place dans la tente.

– Non. Je préfère dormir dans l'eau… Rappelle-toi, je suis une sirène!

– Tu ne vas pas partir durant la nuit? demanda anxieusement le porteur de masques.

– Non, je suis encore trop faible pour aller rejoindre mes semblables. Pars vite et bonne nuit, j'ai hâte de te revoir demain…

– Moi aussi, répondit Amos, un peu mal à l'aise. Tu sais, c'est la première fois que… comment puis-je te dire?…

– Je comprends, coupa Otarelle en lui appliquant son index sur la bouche pour le faire taire. Va dormir maintenant!

– Oui, c'est mieux ainsi… Bonne nuit!

Amos, le cœur léger et l'âme réjouie, regagna la tente en s'imaginant avoir trouvé l'âme sœur! Il sentait en lui une paix profonde. Jamais il ne s'était senti aussi bien avec quelqu'un. Il aurait donné à Otarelle la lune et les étoiles, le monde entier sur un plateau d'argent.

La sirène demeura seule à l'extérieur. En caressant son pendentif, elle murmura :

– Tu vois, Gunther, comme j'ai un grand cœur ! J'aurais pu le tuer, l'assassiner d'un solide coup de couteau. Mais non, il a fallu qu'il me parle d'un œuf de dragon. Peux-tu imaginer, Gunther, ce que nous pourrions faire avec un dragon ? Juste à y penser, j'en tremble ! J'espère que ce petit imbécile ne me mène pas en bateau. Ces béorites pensent dormir pendant trois jours, eh bien, j'ai une mauvaise nouvelle pour eux : ils seront debout demain matin à la première heure. Je dois convaincre ce Béorf de me montrer l'œuf. Ce ne sera pas facile, il est moins bête qu'Amos et résiste bien aux charmes. Il est plus terre à terre, moins poète et moins enflammé ! Je suis contente de voir que je peux encore plaire aux jeunes garçons… N'est-ce pas, Gunther ? Tu te souviens lorsqu'on s'est rencontrés ? Tu avais à peu près son âge ! Hum…, bon, au travail maintenant ! Allons un peu plus loin dans l'île, j'ai quelques potions à fabriquer et quelques sorts à préparer. Je dois aussi me faire belle pour demain… Quel joli nom pour moi, Otarelle, c'est si beau ! Tu aimes ce nom, Gunther ? Oui, je sais, c'est le nom de ta deuxième femme… J'espère que tu n'es pas trop jaloux !

# 5

# La discorde

Le soleil se leva sur l'île. L'équipage ronflait à faire trembler la terre mais, cette fois ci, Amos avait pris soin d'emporter des bouchons de cire. Il s'était rappelé son premier voyage avec les béorites ! Le garçon savait, depuis sa précédente aventure, qu'il valait mieux s'équiper pour réussir à fermer l'œil dans un camp d'hommes-ours fatigués.

Le jeune porteur de masques avait très bien dormi. Il s'était senti bien au chaud, confortablement emmitouflé dans ses couvertures. Mais, soudain, il eut l'étrange impression d'être prisonnier d'un gros cocon de soie. Il avait chaud… peut-être un peu trop maintenant ! Amos essaya de bouger, sans succès. Curieux, il ouvrit légèrement les yeux et…

– DES ARAIGNÉES ! Il y a des araignées partout ! hurla Kasso, complètement paniqué.

Le porteur de masques se réveilla d'un coup, comme sous l'effet d'une douche froide ! Il était incapable de faire un mouvement. Dans la pénombre de la tente, il vit se mouvoir des milliers d'araignées. Il y en avait partout ! Des grandes et des petites, des minces et des longues ! Leurs pattes s'affairaient à transformer la grande tente en un immense cocon. Amos remarqua que tous les dormeurs avaient été ficelés, soigneusement emballés afin qu'ils ne puissent plus remuer un orteil.

Kasso criait pour essayer de réveiller l'équipage. Bientôt, une clameur générale s'éleva dans la tente. Les béorites, prisonniers de la toile d'araignée, criaient leur dégoût sans être en mesure de fuir.

Banry, rouge de colère de s'être fait si naïvement piéger, attaquait les arachnides en tentant de les mordre. Hulot pleurait en appelant sa mère, et Helmic se débattait comme un démon en espérant se libérer. Rien à faire, ils étaient tous ficelés comme des saucissons. Béorf beugla :

– Fais quelque chose, Amos ! Brûle ces maudites bêtes !

Le jeune porteur de masques réfléchit rapidement. Le feu allait certes faire brûler les araignées, mais aussi la tente et tous ses occupants ! Amos avait besoin de ses bras pour faire lever le vent, et l'eau, dans le cas présent, ne pouvait pas lui être d'un grand secours.

– Je ne peux rien faire, Béorf ! Je ne peux vraiment rien faire… Il faudrait que quelqu'un me libère les bras…

La tente s'ouvrit à ce moment et la magnifique Otarelle se précipita sur Amos. Des replis de sa jupe, elle sortit un grand couteau rouillé et libéra habilement le garçon. La jeune sirène le prit par la main et l'amena à l'extérieur de la tente.

– Merci, Otarelle ! s'exclama Amos.

– Allez, Amos, tu me remercieras plus tard ! s'écria la belle héroïne. Fais quelque chose !

– Tout de suite…, répondit le porteur de masques en prenant une étrange position orientale.

– Nous allons bien voir l'étendue de tes pouvoirs, jeune prétentieux…, marmonna la sirène pour elle-même.

Les jambes écartées et les mains jointes devant la figure – comme pour faire une prière –, Amos se concentra en respirant profondément. Il écarta d'un coup les bras et poussa un grand cri. Une fabuleuse bourrasque s'engouffra dans la tente et la propulsa à plusieurs mètres dans les airs. Les araignées furent en même temps projetées tout autour, sur les rochers et les arbres. Les plus petites volèrent même jusque dans l'océan, de l'autre côté de l'île.

Pour prévenir un éventuel retour des arachnides, Amos frappa trois fois le sol avec ses pieds et courut en décrivant un cercle autour des béorites toujours ficelés. Une grande trace de feu, suivant chacun de ses pas, s'éleva en formant une muraille brûlante, infranchissable par les araignées.

À l'aide du couteau d'Otarelle, Amos délivra Banry. En quelques minutes, tous les béorites furent libérés de leur cocon et prêts à partir rapidement de cette île maudite. Amos fit tomber la barrière de feu… Les araignées étaient parties !

— Bravo, Amos ! dit Béorf à son ami. Encore une fois, nous te devons une fière chandelle ! Il y avait longtemps que je ne t'avais pas vu faire de la magie… Tu as vraiment un meilleur contrôle !

— Disons que les leçons de Sartigan y sont pour quelque chose ! répondit fièrement Amos. Mais je crois que la personne qu'il faut remercier, c'est plutôt Otarelle. C'est grâce à son courage que nous sommes encore vivants. Ces araignées nous auraient sucé le sang jusqu'à la dernière goutte si elle n'avait pas été là !

— Oui, c'est bien vrai, approuva Béorf. Merci, Otarelle !

– De rien, répliqua la sirène. Je dormais dans l'eau quand, soudain, j'ai eu une sorte de pressentiment. Je suis sortie de l'océan et j'ai entendu des cris provenant de la tente. Prenant mon courage à deux mains, je suis entrée pour sauver Amos. Je savais qu'il pourrait faire quelque chose pour vous secourir. Il est si… habile !

– C'est bizarre, fit Béorf en regardant de près la sirène, tu dormais dans l'eau, mais tu n'as pas les cheveux mouillés ? Je suppose qu'ils sèchent très vite ? Je me trompe ?

– Mais…, intervint Amos, qu'est-ce que tu essaies de faire, Béorf ? Elle nous a sauvés. Pourquoi mentirait-elle ?

– Non, ça va, Amos, soupira mélancoliquement Otarelle. Ton ami ne me connaît pas comme toi et il est normal qu'il ne me fasse pas confiance. Mes cheveux ont séché très vite à cause de la chaleur dégagée par le cercle de feu d'Amos tout à l'heure. Tu es satisfait ?

– Presque ! lança âprement le gros garçon. Cela n'explique pas pourquoi tu possèdes un couteau en fer, susceptible de rouiller dans l'eau de l'océan et de rapidement se dégrader ! Ce n'est pas toi, Amos, qui me disais que toutes les armes des sirènes étaient faites de coraux et de coquillages ?

– ÇA SUFFIT, BÉORF! cria Amos. Je ne comprends pas ton acharnement contre Otarelle. Peut-être es-tu jaloux parce qu'elle s'intéresse davantage à moi qu'à toi? Les filles ne sont pas toutes des Médousa prêtes à nous trahir à chaque instant!

– Je n'ai jamais dit cela! répondit Béorf en grognant. Et je t'interdis de dire du mal de Médousa. C'était une charmante gorgone, beaucoup plus que cette menteuse d'Otarelle!

– Excuse-toi, Béorf, pour ce que tu viens de dire! lança Amos. Excuse-toi sinon…

– SINON QUOI? s'écria Béorf en remontant ses manches. Tu seras par terre avant même de pouvoir utiliser un de tes sorts…

– Tu es beaucoup trop lent et trop prévisible pour constituer une menace! répondit Amos en ricanant méchamment.

Comme ils allaient en venir aux coups, Rutha la Valkyrie les interrompit brusquement:

– Au lieu de vous battre, venez nous aider à charger le drakkar! Vous réglerez vos comptes après… Nous pouvons même vous laisser sur l'île si vous voulez! Vous pourrez vous entre-tuer en paix! Pour l'instant, il nous faut de l'aide! Tout de suite!

Béorf fit quelques pas en arrière, grogna en montrant à Amos ses canines acérées, puis se dirigea vers le navire. Le porteur de masques lui emboîta le pas, accompagné d'Otarelle.

– Je suis désolée, murmura la sirène à Amos. Ce qui arrive est de ma faute ! Je vais partir et vous laisser, toi et ton ami…

– Non, Otarelle, répondit Amos. Ce n'est pas de ta faute, c'est de la sienne ! Béorf a la tête dure et il s'imagine des choses fausses à ton sujet. Je crois qu'il est jaloux… Tu vois, nous sommes comme deux frères, toujours ensemble, toujours partants pour l'aventure, et là… disons que je m'occupe moins de lui… eh bien… je crois qu'il le prend mal.

– L'important, c'est que, TOI, tu me fasses confiance, susurra Otarelle en le prenant par la main.

* * *

Le drakkar reprit la mer, et les béorites, perturbés par leur manque de sommeil, se remirent à la rame en maugréant. Amos se plaça aux côtés de Béorf à l'avant du navire, et les garçons se mirent à la tâche dans un silence glacial. Ils ne se parlaient pas et s'ignoraient, indifférents l'un à l'autre.

Les béorites avaient confortablement installé Otarelle au centre du drakkar, près du mât. Bien assise sur d'épaisses fourrures, ses longs cheveux noirs flottant au vent, la jeune sirène avait l'air d'une touriste en vacances. Amos ne pouvait s'empêcher de la regarder souvent du coin de l'œil. Elle était si belle! Béorf la regardait aussi, mais en se demandant qui elle était réellement et pourquoi elle mentait aussi effrontément.

Plusieurs heures passèrent sans que les rameurs ne s'arrêtent. Banry ordonna soudainement une pause bien méritée! Le vent soufflait assez fortement pour propulser à lui seul le lourd drakkar.

Assoiffés, les béorites ouvrirent un des barils d'eau potable. Ils y découvrirent plusieurs araignées flottant à la surface. L'eau avait maintenant une couleur brune.

– Sales bêtes! hurla Helmic. Elles se sont noyées en empoisonnant notre eau! Tout ça est maintenant imbuvable!

– Vérifiez tout, ordonna Banry. Qu'on regarde le vin et la nourriture! Et soyez vigilants, notre survie en dépend!

Au grand désespoir de tous, il n'y avait plus rien de comestible. Les barils de bière et de vin avaient été, eux aussi, contaminés. La viande était couverte de taches blanches, et tous les pots hermétiquement scellés avaient été ouverts. Rien! Il n'y avait plus rien de bon. Banry ordonna qu'on jette tout par-dessus bord.

Les membres de l'équipage s'exécutèrent, l'air profondément contrarié.

– Quelle tuile! soupira Rutha. Le voyage est sérieusement compromis. Comment allons-nous réussir à survivre en mer sans nourriture, et surtout sans eau potable? Nous sommes de bons pêcheurs et pouvons toujours nous efforcer de modérer notre gigantesque appétit. Mais le problème demeure entier: où trouver de l'eau?

Après avoir consulté ses cartes, Kasso déclara qu'il y avait une série d'îles, à huit jours de navigation, vers l'ouest. Y avait-il de l'eau potable sur ces terres? Il ne le savait pas.

Les béorites regardèrent alors le capitaine en attendant ses ordres. Celui-ci leur expliqua alors qu'ils avaient trois possibilités. La première: rebrousser chemin et rentrer à Upsgran. Avec un peu de chance, les béorites arriveraient déshydratés, mais vivants. La deuxième: retourner à l'île des araignées et chercher de l'eau. La troisième et dernière solution: essayer d'arriver à l'archipel indiqué sur les cartes marines de Kasso, au risque de pas y trouver d'eau.

– Vous savez, ajouta Banry, que, selon nos lois, nous devons voter pour prendre une décision.

– Moi, déclara Helmic l'Insatiable, si vous décidez de retourner à Upsgran, je me jette à l'eau! J'aime mieux mourir dans l'action que de rentrer à la maison la tête basse comme un chien battu. Je gagne ou je perds, mais je n'arrête pas en plein milieu d'une aventure.

– Eh bien, lance-toi à l'eau! s'écria Hulot. Il vaut mieux rentrer vivants à Upsgran, refaire des provisions et recommencer l'aventure. Il serait tout à fait stupide de risquer notre vie pour un principe aussi absurde que le tien. Nous arriverons à l'île de Freyja avec quelques semaines de retard, c'est tout! Rien ne presse…

– Moi, j'ai confiance! assura Kasso. Le vent est bon et constant! Tentons notre chance vers l'ouest.

– Je vous rappelle, ajouta Banry, que nous devons être tous d'accord avant de bouger d'un côté ou d'un autre. Baisse la voile, Goy, nous demeurerons ici jusqu'à ce qu'il y ait consensus!

– Moi, je veux retourner au village, dit Piotr le Géant. J'ai faim…

– Allons! intervint Rutha la Valkyrie. Nous perdons du temps! Prends la décision, Banry, et au diable les avis de chacun!

– Nous avons une loi et nous devons la respecter, dit Alré la Hache en pesant bien ses mots. Banry est capitaine du drakkar et aussi chef du village; il se doit d'appliquer le code de façon stricte ou sinon l'anarchie nous guette!

– Moi, lança Goy en se curant les oreilles, je dis comme mon frère Kasso. La famille Azulson est unanime, nous devons poursuivre notre route!

– Et vous? demanda Banry aux garçons. Qu'en pensez-vous?

– Je crois que nous devons continuer notre route et risquer le tout pour le tout, affirma Amos, confiant.

– Et moi…, dit Béorf sur un ton angoissé, j'ai bu de l'eau un peu après notre départ et je pense que je vais être malade…

Le gros garçon se pencha par-dessus le bastingage du drakkar et vomit bruyamment. Les béorites se précipitèrent vers lui et l'installèrent à la place d'Otarelle. Celle-ci se retrouva assise à la place du gros garçon, tout près d'Amos.

– Ton ami semble en mauvais état! lança la belle sirène. J'espère que ce ne sera pas trop grave!

– J'espère aussi…, répondit Amos en baissant la tête. Voilà que j'ai des remords pour ce qui est arrivé ce matin. C'est la première fois que nous nous disputons! Nous sommes toujours d'accord d'habitude… Je ne comprends pas ce qui se passe.

– C'est normal, assura la sirène sur un ton réconfortant. Je ne connais personne qui ne se dispute pas un jour ou l'autre avec un ami. Il y a toujours des malentendus dans la vie… Ton ami tient beaucoup à toi! Il a peur de te perdre. Ce n'est pas parce que nous nous entendons bien, toi et moi, qu'il est moins ton ami. Tout ce que je veux, c'est qu'il me donne une petite chance!

– Oui, tu as raison! Reste ici, Otarelle, dit Amos en se levant, je vais aller voir si je peux faire quelque chose pour lui.

Otarelle sourit en signe de consentement. Puis, seule à la proue du drakkar, elle caressa son pendentif et murmura pour elle-même:

– Va, petit crapoussin! Va essayer d'aider ton ami qui se meurt! Ah, pauvre Béorf… Finir sa vie ainsi, seul en mer, abandonné de tous… c'est terrible! N'est-ce pas, Gunther? Ce gros et fort garçon ne sait pas ce qui l'attend. Ce poison est très fort et il n'y a pas d'antidote. C'est déjà trop tard pour lui! Il ne sait pas que, lentement, son sang deviendra noir et que des centaines de pustules virulentes apparaîtront partout sur son corps. Il souffrira comme jamais il n'a souffert! Sa peau s'asséchera et tombera en lambeaux, ses os se briseront lentement, un à un, mais son cœur, ses poumons et son cerveau demeureront en excellent état. Tu sais ce que cela veut dire, Gunther? N'est-ce pas que tu le sais? Il demeurera conscient lors de son agonie, comme ta fille, Gunther! Il connaîtra le même sort que ta charmante petite fille. Évidemment, je ne pourrai pas utiliser son corps pour faire de l'huile d'enfant, ingrédient indispensable pour le vol des sorcières, mais je me reprendrai avec le jeune Amos. Mais non, Gunther, ne t'en fais pas! Avant qu'il meure, Béorf me dira où il a caché cet œuf de dragon... Non, je ne l'ai pas vu le charger dans le navire ce matin. Comme toutes les provisions ont été jetées à la mer, il est certainement tout près. Mais où? J'ai pourtant regardé partout, je ne le vois pas. Ce ne sera pas long, Gunther! Patience... patience...

# 6

# L'attente des béorites

Le soleil allait bientôt se coucher et le bateau n'avait toujours pas bougé. Les béorites avaient palabré presque toute la journée! Hulot voulait rebrousser chemin vers Upsgran, et Helmic insistait pour continuer vers l'archipel.

– Les hommes-ours sont une race très démocratique et ce genre de conflit survient souvent, expliqua Amos à Otarelle. Il faut attendre que l'une des deux parties cède pour bouger dans un sens ou dans l'autre. Le rôle d'un bon capitaine et d'un bon chef consiste à veiller à ce que les lois de son peuple soient respectées. C'est ce que fait Banry.

Béorf semblait véritablement malade et la soif commençait à tenailler sérieusement l'équipage.

Suivant l'adage populaire qui dit que la nuit porte conseil, les béorites se préparèrent pour dormir en mer.

Avant d'aller se coucher, Amos alla voir Béorf une dernière fois. Celui-ci avait l'air paisible et semblait dormir profondément. Le porteur de masques lui dit :

– Je ne sais pas si tu peux m'entendre, Béorf, mais… je m'excuse sincèrement de t'avoir traité de bêta. Ce n'était pas très gentil de ma part et mes mots ont dépassé ma pensée. Tu es mon meilleur ami et je veux que tu le restes ! Dors bien…

Amos retourna à l'avant du drakkar pour se coucher. Otarelle s'était fait une place près de lui.

– Alors, comment va ton ami ? demanda-t-elle.

– Je pense qu'il va mieux, répondit Amos. Il dort maintenant.

– Mais, c'est impossible, murmura Otarelle en grognant.

– Pourquoi cela serait-il impossible ? fit le porteur de masques.

– Non… Ce que je disais, balbutia la belle sirène, c'est… c'est qu'il est impossible qu'il n'aille pas mieux ! C'est un garçon très fort et je crois qu'il sera sur pied bientôt ! D'ailleurs, si tu le permets, je vais aller le veiller un peu. Je n'ai pas sommeil et il vaut peut-être mieux que quelqu'un demeure près de lui.

– Très bien, répondit Amos en bâillant. Tu nous avertiras s'il y a un changement... Bonne nuit!

– Bonne nuit et fais de beaux rêves! lança Otarelle avec un magnifique sourire avant de se rendre au chevet de Béorf.

La sirène s'assit à côté du malade et fit semblant de lui prêter attention. Elle patienta ainsi jusqu'à ce que tous les béorites ronflent. La sorcière s'avança ensuite tout près de l'oreille de Béorf et elle lui marmonna:

– Je ne comprends pas que tu respires encore, sale moucheron! Ta peau devrait être couverte de pustules... Tu ne devrais pas dormir non plus, mais crier au monde ta douleur! Je t'ai sous-estimé... J'ai sous-estimé la force physique de ta race de dégoûtants barbares. Mais ce n'est pas grave parce que, maintenant, tu vas me dire où tu as caché l'œuf de dragon! Réveille-toi! Réveille-toi, sale marmouset!

– Quoi? murmura Béorf dans un soupir. Qu'est-ce qui se passe? Où suis-je?

Otarelle lui glissa son couteau sous la gorge et demanda:

– Où as-tu caché l'œuf de dragon? Allez, dis-le-moi!

– Mais…, bafouilla le gros garçon, pourquoi fais-tu cela, Otarelle ? Pourquoi me menacer avec ton couteau ?

– Je ne suis pas une sirène, jeune imbécile ! avoua Baya Gaya. Je suis une sorcière qui va te découper en morceaux si tu ne me dis pas où est caché l'œuf !

– Mais… tu délires, Otarelle ! lança Béorf. Tu es beaucoup trop belle pour être une sorcière ! Les sorcières sont horribles, non ?

– Ah, mais quel lourdeau ! s'exclama la sirène, exaspérée. J'ai des pouvoirs, de très grands pouvoirs, dont celui de changer d'apparence à ma guise. J'ai ensorcelé ton ami Amos afin qu'il tombe éperdument amoureux de moi et ç'a été un jeu d'enfant ! J'ai trompé tout le monde sauf toi, mais cela n'a pas beaucoup d'importance maintenant, puisque tu vas mourir ! Dis-moi où est cet œuf et je ne te ferai pas souffrir…

– Je vais te le dire…, déclara Béorf en tremblant, mais… mais je veux voir ton véritable visage avant !

– La dernière volonté du condamné ! dit Baya Gaya en ricanant. C'est charmant ! Eh bien, grosse andouille, admire-moi…

Otarelle s'assura d'un coup d'œil que tout l'équipage dormait bien, puis prononça quelques formules magiques incompréhensibles.

La belle jeune fille disparut sous les yeux de Béorf et une vieille femme laide aux yeux presque blancs, à l'haleine fétide, aux rides profondes, aux cheveux gris clairsemés et d'une repoussante laideur la remplaça. Baya Gaya lui dit :

— Tu es content maintenant ? Regarde de quoi j'ai l'air ! Regarde bien, car c'est la dernière chose que tu verras avant de mourir !!! Où as-tu caché cet œuf ? Parle !

— Je l'ai caché…, avoua Béorf en tremblant, je l'ai caché… dans le soulier d'Amos !

— Pardon ? demanda la vieille. Un œuf de dragon est beaucoup trop gros pour entrer dans un soulier !

— Exactement comme une vieille sorcière dans la peau d'une jolie fille ! lança Amos, debout à l'avant du bateau.

— SURPRISE ! cria Béorf en enfonçant son poing dans la mâchoire de la sorcière.

Baya Gaya tomba brutalement à la renverse en crachant ses deux dernières incisives. Lorsqu'elle se releva, une boule de feu lancée par Amos la heurta de plein fouet en enflammant ses vêtements. La sorcière dansa sur place en hurlant, puis elle se jeta par-dessus bord pour éteindre les flammes. Un petit nuage de vapeur s'éleva, suivi d'une exclamation de soulagement.

À ce moment, Piotr le Géant étira le bras et repêcha la vilaine par une jambe. Baya Gaya se débattit en hurlant des menaces dans un langage grossier. Goy saisit une rame du drakkar et lui en asséna un bon coup derrière la tête. La sorcière perdit immédiatement conscience.

À son réveil, la vieille femme était attachée en haut du mât, bien assise sur la barre transversale de la voile et ficelée au poteau comme un saucisson. Le soleil de midi frappait fort et le drakkar avançait rapidement.

— Mais qu'est-ce qui se passe? cria la sorcière. Vous n'avez pas honte de traiter ainsi une vieille dame, bande de rustres?

L'équipage éclata d'un grand rire franc. Béorf grimpa aux cordages et alla s'installer tout près de la prisonnière.

— Bonjour, jolie Otarelle! Vous avez beaucoup moins de charme ce matin! Vous avez passé une mauvaise nuit?

— Mais que se passe-t-il ici? demanda rageusement la sorcière. Tu devrais être mort et te voilà en train de me narguer! Explique-moi ou je t'écorche vivant!

— Vous êtes dans une très mauvaise position pour menacer qui que ce soit! assura Béorf en ricanant. Vous voyez le très gros béorite, en bas? Il s'appelle Piotr! Il a mauvais caractère et n'aime pas du tout les vieilles mégères. Nous l'avons chargé de garder un œil sur vous. Restez polie ou je lui dis de monter et…

– Pas nécessaire, gentil jeune garçon ! répliqua la vieille femme. Ce n'est VRAIMENT, mais VRAIMENT pas nécessaire ! Vous m'avez bien eue, Amos et toi, coquins, allez !

– Je dois dire que c'était bien joué de votre part. Nous avons marché dans votre truc de la sirène et je dois dire que, jusqu'à ce que nous allions dormir dans la grande tente sur l'île, les choses allaient sans doute selon votre plan d'origine. Amos est tombé dans le piège et je pense qu'il était vraiment amoureux de vous…

– Lorsqu'on a mes charmes, l'interrompit la sorcière, c'est bien normal !

– Ce qui vous a trahi, c'est votre chaîne en or et votre pendentif en forme de petit coffre.

– MAIS OÙ EST-IL ? JE NE LE SENS PLUS ! hurla Baya Gaya. RENDEZ-MOI MON PENDENTIF !!!

– Plus tard… Je termine mon histoire avant, dit calmement Béorf. Je me rappelais avoir vu ce collier quelque part, et puis je me suis souvenu que c'était Amos qui me l'avait fait remarquer ! Il était à ce moment-là autour du cou d'un corbeau, à Upsgran ! Drôle de coïncidence, n'est-ce pas ?

– Et alors ?…

— Eh bien, après votre petit tête-à-tête sur l'île, lorsque Amos est venu se coucher dans la grande tente, je l'attendais ! Nous avons sérieusement parlé d'Otarelle et, malgré son entêtement à me croire jaloux de lui, je lui ai rappelé le collier, le pendentif et le corbeau. Il s'est réveillé d'un coup ! Votre charme d'amour venait de s'évaporer ! Ensuite, en discutant calmement, nous en sommes venus à la conclusion que vous n'étiez pas réellement une sirène. Nous ne savions pas, par contre, quelles étaient vos intentions à notre égard ! C'est lorsque Amos m'a avoué qu'il vous avait parlé, sous l'effet du charme, de l'œuf de dragon que nous avons échafaudé un plan. Il semblait évidemment que vous vouliez nous…

— Mais le poison ? coupa la sorcière. Tu étais empoisonné, non ?

— Eh bien, non ! Je joue bien la comédie, n'est-ce pas ? Au matin, après l'histoire des araignées, nous étions certains de vos obscurs desseins. J'ai averti les béorites et, pendant qu'Amos et moi faisions semblant de nous disputer, Rutha a vérifié la nourriture et découvert que tout était empoisonné. Pour tenter de vous démasquer, nous avons joué votre jeu et embarqué quand même les victuailles à bord. Ensuite, nous avons feint de tout découvrir ! Nous avons joué la grande scène du désespoir et, moi… je me suis enfoncé le doigt dans la gorge au bon moment !

– Mais vous n'avez plus d'eau potable et plus de nourriture ! lança méchamment Baya Gaya. Vous allez tous mourir !

– Non, je ne crois pas…, répliqua Béorf en ricanant. L'archipel est devant nous, à environ une journée de navigation. Le grand-père de Kasso a lui-même cartographié chacune des îles, une à une, et nous avons la certitude qu'il y a de l'eau potable et beaucoup de gibier à chasser. Les béorites ont des lois mais, chez nous, c'est le chef ou le capitaine d'un drakkar qui décide de la destinée de son équipage. Nous ne sommes pas assez bêtes pour nous laisser mourir en mer ! Avec leur discussion, Hulot et Helmic vous ont menée, c'est le cas de le dire, en bateau ! Encore une fois, vous êtes tombée dans notre piège ! C'était une belle mise en scène, n'est-ce pas ?

– GRRRRR ! rugit la sorcière. Je vous déteste… Je vous déteste tous !

– Oui, nous comprenons ! fit Béorf, rempli de fausse sympathie. Maintenant, à moi de poser des questions. Que nous voulez-vous et pourquoi avoir essayé de nous tuer ?

La sorcière raconta que l'avatar du dieu Loki, un loup gris, était venu la voir pour la charger de cette mission. Elle avait accepté de faire le travail par peur des représailles. Loki était une divinité fourbe qui combattait son ennui en semant la zizanie autour de lui. Son grand plaisir était d'humilier les mortels et d'abuser d'eux. Baya Gaya plaida sa cause en disant qu'elle n'était qu'une pauvre vieille femme et, qu'à son âge, on ne pouvait pas être bien méchant avec elle !

Béorf esquissa un large sourire. Il savait qu'on ne devient pas sorcière du jour au lendemain et qu'il faut avoir une âme noire pour pratiquer ce genre de magie. Les sorcières étaient des tueuses d'enfants qui ne se contentaient pas uniquement d'égorger des marmots ; elles les torturaient en se délectant de leurs cris. Elles pouvaient les plonger dans l'huile bouillante ou encore les faire cuire à la broche. Ces méchantes femmes dévoraient aussi leurs jeunes victimes et sacrifiaient d'innocents bambins au cours de cérémonies occultes dans les bois. La seule façon de se débarrasser d'une sorcière, presque immortelle, était de la faire brûler vivante. D'ailleurs, c'est ainsi que les parents de Béorf, Évan et Hanna Bromanson, étaient morts dans la ville de Bratel-la-Grande. Yaune le Purificateur les avait faussement accusés d'être des sorciers, et son armée les avait brûlés sur un bûcher.

Béorf descendit du mât et alla raconter à l'équipage ce qu'il venait d'apprendre.

– Par Odin! s'exclama Banry, si Loki est contre nous… eh bien, nous ne sommes pas au bout de nos peines!

– Loki n'est pas fou, dit Amos après avoir réfléchi quelques secondes. Si nous réussissons à convaincre la déesse Freyja de lever sa malédiction, peut-être que notre action provoquera un rapprochement entre elle et Odin. Si les dieux du bien cessent leur querelle, ils seront plus forts pour combattre le mal! Je pense que Loki ne peut pas consentir à un rapprochement entre Freyja et Odin. Ensemble, ces deux divinités seraient trop puissantes et elles l'écraseraient comme un vermisseau…

– Je pense que c'est tout à fait juste! approuva Kasso.

– Voilà pourquoi il nous a envoyé cette sorcière! conclut Banry. Elle devait faire échouer notre mission et nous découper en morceaux. Cela veut dire que…

– Cela veut dire que les sirènes sont toutes de méchantes sorcières et qu'il faut s'en méfier! s'écria Goy, très content de lui.

– Non…, répondit le capitaine. Cela veut dire que les dieux considèrent que nous avons une chance de convaincre Freyja et

qu'ils prennent ce voyage très au sérieux !
C'est une excellente nouvelle !

– HOURRA ! cria l'équipage d'une seule et
même voix.

– Allons à l'archipel nous restaurer ! lança
Helmic en dansant sur le pont. Le ventre
plein, nous vaincrons l'adversité !

Pendant que chacun retournait à sa rame,
Béorf s'approcha d'Amos et lui demanda :

– Comment ça va ? Tu te sens bien ?

– Je me sens vraiment ridicule, répondit
Amos en serrant les dents. Comment ai-je pu
me faire avoir aussi facilement ? Je n'arrive pas
à croire que je suis tombé amoureux de cette
vieille chipie ! Quand je ferme les yeux, je vois
Otarelle, si douce et si charmante… Je suis
bouleversé !

– Ne t'en fais pas, dit le gros garçon pour le
réconforter, tout le monde fait des erreurs, et
moi le premier ! De toute façon, tu n'y pouvais
rien… Son envoûtement était trop puissant.

– Merci de me le confirmer, soupira Amos.
Je me sens moins bête…

– Ce n'est pas tout le monde qui a la
chance d'être un aussi « joli garçon » que toi !
lança Béorf pour le taquiner. Tu es victime de
ton succès avec les filles ! Même les sorcières te
choisissent pour devenir leur amoureux !

– Ah, s'il te plaît, ne recommence pas !

– Très bien, je me tais... Mais quand même, cela doit être difficile pour toi d'être aussi beau!

– Tu n'arrêteras pas, hein? Je vais subir tes sarcasmes pendant les semaines à venir, je le sens...

– Les années, tu veux dire! conclut Béorf en riant de bon cœur. De très longues années...

# 7

# La vengeance de Loki

Le drakkar à fond plat avait été spéciale-
ment conçu pour accoster n'importe où avec
facilité. C'est donc sans peine que les béorites
mirent le pied sur l'île. Ils installèrent rapidement le camp et se divisèrent les tâches. Amos
et Béorf eurent pour mission de trouver de
l'eau potable. Comme tout l'équipage allait
s'enfoncer dans les terres, Baya Gaya, toujours
ficelée en haut du mât, cria :

— NE PARTEZ PAS ! NE ME LAISSEZ PAS
SEULE !

— Et pourquoi pas ? demanda Banry avec
un large sourire moqueur.

— Parce que Loki va se venger de moi !
répondit la sorcière. Je dois vous accompagner,
c'est essentiel pour ma survie ! Avec vous, je

serai en sécurité! Si vous m'abandonnez, Loki me tuera pour me punir d'avoir échoué ma mission. Vous ne souhaiteriez pas la mort d'une vieille dame, quand même?

— Nous n'avons aucune confiance en toi! lui cria Helmic. Si Loki est ton maître, eh bien, arrange-toi avec lui! Nous n'avons rien à faire de vos histoires…

— TRÈS BIEN, BANDE DE LÂCHES ET DE VERMINES PUANTES! hurla Baya Gaya, mais RENDEZ-MOI MON PENDENTIF! Si je dois mourir, je dois l'emporter avec moi!

— Tu n'emporteras rien, répliqua Amos. Ton pendentif et ta chaînette en or sont dans ma poche et je les garde! Nous t'avons ficelée en haut de ce mât et tu n'en descendras que pour être jetée en prison! Nous t'amènerons à Berrion ou à Bratel-la-Grande pour que tu y sois jugée! En attendant, je pense qu'il est plus sage de te laisser prendre l'air sur ton perchoir.

— Et ne t'avise pas de nous faire d'autres problèmes, lança avec insolence Hulot Hulson. Il y a quelques mois, j'ai tué un dragon d'un seul coup d'épée! Je te raconte… C'était à Ramusberget, nous attaquions, mes amis et moi, le repaire de dangereux gobelins assoiffés de sang quand soud…

— Et voilà qu'il recommence! s'exclama Piotr en couvrant de sa main la bouche d'Hulot.

Partez devant, je veille à lui faire garder le silence!

Les béorites s'enfoncèrent dans l'île en riant de bon cœur. Baya Gaya demeura seule, prisonnière en haut du mât du drakkar. Voyant la troupe s'éloigner, elle hurla frénétiquement:

– ADIEU, AMOS DARAGON! QUE LA MALÉDICTION DE BAYA GAYA T'ACCOM-PAGNE! ADIEU, GUNTHER! ET ADIEU, MONDE POURRI!

Amos se retourna et haussa nonchalamment les épaules.

«Il ne peut quand même rien lui arriver», pensa-t-il.

– Tu sembles préoccupé, lui dit Béorf qui marchait à ses côtés.

– Non, répondit Amos. Je me demandais seulement de quoi cette sorcière peut bien avoir peur... Je pensais aussi à Loki et... Enfin! Concentrons-nous sur ce que nous avons à faire maintenant! Il ne sert à rien de s'inquiéter pour l'instant.

– Je me demande bien pourquoi son pendentif revêt une telle importance à ses yeux.

– Si tu veux, nous examinerons l'objet tout à l'heure, proposa le porteur de masques.

* * *

Les béorites avaient déserté les alentours du drakkar depuis bientôt une heure lorsqu'un loup gris sortit de la forêt et alla s'asseoir paisiblement sur la rive. Le sang de Baya Gaya se glaça d'effroi.

— Dis à ton maître que tout va très bien! Mon plan fonctionne à merveille… Ils sont tous tombés dans le piège! Pars vite! Je ne voudrais pas qu'ils te voient… Cela pourrait faire échouer mon plan!

— Ton plan? demanda le loup d'une voix profonde et calme. Mais quel plan? Te voilà ficelée, incapable de bouger, ridiculisée par des enfants et prisonnière des hommes-ours… Alors, quel plan?

— Ce serait trop long… trop long à t'expliquer… Tu… tu ne comprendrais pas…, bafouilla Baya Gaya qui suait à grosses gouttes. Pars, j'ai la situation bien en main! Les choses vont… vont s'arranger… tu… tu verras… tu verras!

— Non, les choses ne s'arrangeront pas, déclara le loup. Loki m'a demandé de t'éliminer et je suis ici uniquement pour cela! Tu as fortement compromis mon maître en parlant de lui aux béorites. Les hommes-ours sont des créatures d'Odin, la race préférée du grand dieu, et il ne doit pas savoir que Loki est mêlé à tout cela. Tu as fait trop d'erreurs, je suis désolé!

– NON… NON, supplia la sorcière. Je vais me racheter… Libère-moi et je les assassine tous… Sois gentil, bon chien-chien… NON, pas le feu! NON! Tu ne ferais pas brûler une vieille dame, quand même? NON!!!

\* \* \*

Dans leurs recherches pour trouver de l'eau, Amos et Béorf atteignirent le sommet de la petite montagne qui se trouvait de l'autre côté de l'île.

Les garçons s'arrêtèrent au bord d'une falaise pour admirer la mer. Plus bas, ils aperçurent un immense trois-mâts échoué sur les écueils. Ce bateau était une bonne dizaine de fois plus grand que leur drakkar. Ses voiles en lambeaux battaient au vent. Le navire avait fait naufrage et pourrissait, prisonnier entre les vagues et la falaise, depuis certainement bon nombre d'années.

– Je me demande ce qui est arrivé à l'équipage, dit Béorf.

– Probablement tous morts, répondit Amos. La mer est très agitée ici! Seul un excellent nageur aurait pu, avec beaucoup de chance, s'en sortir indemne…

– J'espère que mon oncle Banry réussira à nous éviter une telle catastrophe! soupira Béorf, un peu inquiet.

– J'ai déjà vu pire! fit Amos en rigolant. Ensemble, nous avons vaincu une armée de gorgones, réduit à néant un grand sorcier nagas, éliminé Yaune le Purificateur en mettant son âme dans le corps d'une poule, affronté une armée de gobelins et défait un dragon!

– C'est pas mal du tout! Et nous n'avons que treize et quatorze ans! Imagine toutes les histoires que nous pourrons raconter lorsque nous aurons cinquante ou soixante ans!

– Personne ne nous croira! s'exclama Amos en riant aux éclats. On nous montrera du doigt en nous traitant de déments!

Les deux garçons, fatigués par le voyage en mer et leur longue marche, rirent à s'en décrocher les mâchoires. Amos en avait mal au ventre tandis que Béorf, les larmes aux yeux, avait du mal à respirer. Après plusieurs minutes, ils retrouvèrent quelque peu leur sérieux. Béorf souffla un bon coup et dit en s'essuyant les yeux:

– Je me demande lequel de nos compagnons est en train de faire un feu?

– De quoi parles-tu?

– Regarde là-bas! Il y a une colonne de fumée à peu près à l'endroit où nous avons accosté avec le drakkar! Avec toute cette fumée, ce doit être un très gros feu…

– OH NON ! s'écria Amos. Je viens de comprendre de quoi Baya Gaya avait peur ! Béorf, quel est le moyen le plus efficace de se débarrasser d'une sorcière ?

– C'est en la brûlant ! lança le gros garçon, tout fier de connaître la réponse.

Le jeune béorite hurla :

– JE VIENS DE COMPRENDRE ! LE BATEAU BRÛLE ! LE BATEAU BRÛLE !!!

Béorf se transforma aussitôt en ours et dévala la petite montagne à toute vitesse. Incapable de suivre le rythme de son ami, Amos courut le plus rapidement possible vers le drakkar en feu.

Lorsque le jeune porteur de masques arriva sur la rive, il était trop tard pour agir. De grandes flammes jaillissaient du drakkar !

Calcinée en haut du mât, la sorcière ressemblait à une créature cauchemardesque. Sa chair avait fondu et la moitié de son crâne était apparent. Pas de doute, elle était bien morte !

Alertés par les grognements de Béorf, les béorites arrivèrent un à un et regardèrent, dans le plus grand silence, le feu dévorer leur drakkar. Seul Hulot osa parler :

– À combien de jours de nage sommes-nous d'Upsgran ?

Pour toute réponse, il reçut une solide claque derrière la tête, gracieuseté de Piotr.

Amos se pencha vers Béorf qui se frottait les yeux, et lui demanda à l'oreille :

— Dis-moi que l'œuf de dragon n'est pas à bord ! S'il te plaît… confirme-moi qu'il est ailleurs que sur le drakkar !

Béorf ne broncha pas mais, nerveux, se mordit la lèvre inférieure. Après quelques secondes, il répondit enfin :

— J'ai caché l'œuf entre la coque et le plancher du navire. Il est actuellement en train de se faire rôtir…

— Si ce que Sartigan m'a dit est vrai, murmura lentement Amos, nous assisterons alors bientôt à la naissance d'un Ancien. L'œuf était à maturité et prêt à éclore. Dans ce bain de chaleur et de braise, le dragon va se réveiller et briser sa coquille !

— Tu sais comment enseigner les bonnes manières à un dragon, toi ? demanda Béorf avec une légère hésitation dans la voix.

— Non, répondit Amos. Mais il faudra vite trouver une façon de le faire… Sartigan m'a dit que, même petits, les dragons sont plutôt turbulents. Je crois qu'il vaudrait mieux avertir l'équipage que nous allons avoir une visite surprise…

— Et on leur dit cela comment ? demanda Béorf, un peu inquiet de la réaction de ses compagnons.

– On improvise! lança Amos en ravalant sa salive.

– Vas-y, ordonna le gros garçon, mal à l'aise. Après tout… c'est toi le porteur de masques! Et ils seront plus attentifs aux propos d'un joli garçon!

Amos soupira et demanda à tous les membres de l'équipage de s'approcher. D'une voix hésitante, il leur raconta l'épisode de l'aventure de Ramusberget qu'ils ne connaissaient pas. Il leur parla de sa rencontre avec le dragon et du cadeau que lui avait fait la bête. Il conclut ainsi:

– Béorf et moi avons ramené cet œuf à bord du drakkar jusqu'à Upsgran. Nous n'en avons parlé à personne. Nous pensions que ce petit dragon avait le droit de vivre et que, bien dressé par des hommes bons, il serait en mesure de devenir un être fantastique prêt à servir le bien.

– Mais Sartigan, continua Béorf, nous a bien fait comprendre que les dragons sont des créatures maléfiques dans l'âme. Ils ont été créés par les forces du mal pour servir le mal et il est illusoire, selon lui, de croire qu'une telle bête pourrait un jour servir le bien…

– Alors, reprit Amos, comme Sartigan devait partir, il nous a confié l'œuf. Dans un bateau, il avait peu de chances de se voir exposé à une grande source de chaleur…

— Et, termina Béorf, je l'ai caché entre la coque et le plancher du drakkar. Ce qui veut dire qu'à moins d'un miracle, nous devrions assister à la naissance d'un dragon. Des questions ?

Toutes les têtes se tournèrent en même temps vers le drakkar en flammes. Le mât s'effondra en amenant avec lui les restes de Baya Gaya. Puis les béorites entendirent un cri. Un râlement provenant du brasier. Les hommes-ours firent instinctivement un pas en arrière. Un deuxième cri, celui-là plus puissant, leur glaça le sang. Devant eux, sous leur regard incrédule, une petite tête émergea des flammes. Un lézard à quatre pattes d'environ deux mètres de long, muni de grandes ailes repliées sur son dos et d'une très longue queue, bondit sur la rive. La créature avait déjà de longues dents acérées et de puissantes griffes. Le petit dragon poussa un cri haineux, toussota et regarda les béorites en se léchant les babines. Béorf se pencha vers Amos :

— Je pense qu'il a faim ! Un dragon, qu'est-ce que ça mange ?

— Des hommanimaux et des humains ! répondit Amos avec un demi-sourire. Ce qu'il a devant les yeux, c'est un banquet !

# 8

# La maîtrise du dragon

Amos sentit quelque chose bouger dans la poche de son pantalon. Il y glissa la main et en ressortit le pendentif de Baya Gaya. Le petit coffre en bois vibrait et semblait être sur le point d'exploser. Le porteur de masques s'en débarrassa d'un geste vif. Dans les airs, le pendentif reprit sa taille normale et c'est un gros coffre qui atterrit violemment sur le sol.

– Mais qu'est-ce qui se passe? demanda Béorf.

– Je ne sais pas! s'écria Amos.

– Un dragon naissant d'un côté et un pendentif magique de l'autre… Décidément, les choses se précipitent! laissa tomber le jeune béorite, dépassé par les événements.

Une pensée lumineuse traversa alors l'esprit d'Amos. Le garçon lança aux béorites :

– Donnez les provisions que vous avez rapportées au dragon ! Cela le calmera tout en me laissant le temps d'agir… Et surveillez-le bien ! J'ai une idée…

Les béorites s'exécutèrent dans la seconde. Ils avaient des fruits et des racines, mais très peu de viande. Le dragon naissant accepta avec dégoût ce premier repas. Il commença par avaler les lièvres et les faisans, puis mangea du bout des lèvres les tubercules.

Pendant ce temps, Amos se précipita sur le coffre. Il avait vite compris que Baya Gaya l'utilisait pour transporter ses effets personnels. L'envoûtement qui avait réduit le coffre en pendentif s'était sans doute estompé avec la mort de la sorcière. La solution au problème du dragon se trouvait peut-être là !

À l'intérieur, il y avait des fioles et des flacons, un grand grimoire et - horreur ! - un pot en verre contenant un cœur humain ! Le muscle battait encore, prisonnier d'un liquide glauque.

Amos plongea dans le livre de magie de Baya Gaya. En tournant fébrilement les pages, il marmonna :

– Réduire… réduire… il faut réduire à tout prix ! Réduire ! Aller… mais où ? NON !

Rapetisser, c'est ça! Ou rétrécir? Contracter peut-être? Vite… allez, Amos! Trouve!

Après de longues minutes, le jeune porteur de masques trouva enfin ce qu'il cherchait. Il arracha la page du grimoire, fouilla dans le coffre et saisit une petite fiole remplie de poudre blanche. En courant vers le dragon, il cria à Béorf:

– Dans le coffre, il y a un pot vide… Le bouchon est en liège et il est juste à côté du cœur. Cherche et tu comprendras! Perce quelques trous dans le bouchon et amène-moi le pot, s'il te plaît. Vite!

– Tout de suite! répondit Béorf.

Le vorace petit dragon avait terminé son maigre repas. Les béorites, formant un demi-cercle autour de lui, le tenaient en respect avec leurs armes. Inexpérimentée, la bête ne savait comment se débarrasser de ces gros guerriers qui la narguaient. Son sang bouillait et sa rage augmentait de seconde en seconde. Le bébé dragon regarda l'océan derrière lui. Impossible de fuir par là. Le choix était simple. Les hommes-ours ou l'eau salée! D'instinct, la bête de feu choisit le combat plutôt que la fuite. Elle se sentait maintenant prête à les réduire en bouillie!

Lorsque le petit dragon se retourna, les béorites avaient reculé de quelques pas. Seul

Amos se tenait devant lui. Le dragon bondit dans sa direction, prêt à lui croquer la tête.

Le porteur de masques eut tout juste le temps de lancer une poignée de poudre blanche sur la créature en prononçant l'étrange formule qu'il lisait du coin de l'œil sur la page arrachée dans le grimoire :

– Aton na bar ouf, oug ignakar kilk !

La gueule aux dents acérées n'atteignit jamais sa cible. En moins d'une seconde, le jeune dragon fut réduit à la taille d'une salamandre. Amos saisit alors la queue de l'animal entre ses doigts et la présenta aux béorites en riant :

– Eh bien, voici notre dragon ! Je suppose qu'il nous donnera moins de fil à retordre maintenant ! Béorf, le pot, s'il te plaît !

– Voilà ! fit le gros garçon en lui tendant le récipient.

Amos glissa la petite bête dans le contenant de verre et le referma avec le bouchon de liège troué.

– Bon…, soupira-t-il. Voilà un problème réglé ! Nous le nourrirons avec des insectes. Cependant, j'ignore combien de temps il gardera cette taille ! La page du grimoire de la sorcière n'en fait pas mention…

– Nous verrons bien ! répondit Béorf. Si le principe du coffre-pendentif s'applique aussi aux êtres vivants, nous aurons quelques semaines de paix.

— Oui, affirma Amos. Je crois que ce sort se dissipe seulement à la mort du sorcier.

— Bon... L'autre problème, maintenant! lança Banry en se grattant la tête. Nous devons maintenant trouver un moyen de quitter cette île et de retourner chez nous. Sans navire, il nous est impossible de continuer notre route vers l'île de Freyja.

— Pour l'instant, dit Alré la Hache, je propose que nous retournions dans la forêt. Il nous faut trouver de la nourriture et un endroit pour passer la nuit.

— Plus loin, à l'ouest, intervint Helmic, j'ai vu des grottes qui feront un excellent abri!

— Bien, très bien! s'exclama Banry en se frottant les mains. Même si les choses ne tournent pas exactement comme nous le voulons, il y a quand même de l'espoir! Allons voir ces grottes et regardons si nous pouvons en faire notre quartier général. Ensuite, nous concentrerons nos efforts sur la nourriture.

— Et le dragon? fit Hulot, un peu nerveux. Nous ne pourrions pas le noyer? Nous en serions débarrassés...

— Non! s'objecta Amos. Je ne pense pas que cela soit une très bonne idée. J'assume l'entière responsabilité de cette bête.

– Et je serai son gardien…, déclara Béorf en prenant le contenant des mains d'Amos. Je vais m'occuper de lui! Après tout, c'est aussi ma faute si nous l'avons sur les bras.

– Très bien! approuva Banry. Rendons-nous aux grottes et emportons le coffre de la sorcière. Amos pourra étudier son contenu et faire d'autres miracles! Nous te suivons, Helmic, passe devant!

L'équipage se mit en route sous le marmonnement d'Hulot:

– Je n'ai jamais inscrit mon nom sur cette fichue liste au village! Je devrais être à Upsgran… Mais qu'est-ce que je fais ici? Nous sommes perdus…

Pour se distraire des propos pessimistes d'Hulot, Béorf jeta un coup d'œil au dragon. La bête n'avait pas l'air, elle non plus, de très bonne humeur.

– Comment as-tu pensé à réduire le dragon? demanda le gros garçon à Amos.

– Une déduction rapide! répondit le porteur de masques en souriant. Une sorcière a toujours besoin d'ingrédients pour exécuter sa magie. Tu te souviens, Lolya avait toujours besoin de poules, de chandelles, de sangsues et d'une foule d'ingrédients pour préparer ses sorts. Je me suis dit que le coffre-pendentif devait contenir ceux de Baya Gaya. J'ai aussi présumé que le sort de réduction pourrait s'appliquer à un dragon… Enfin, j'ai eu de la chance! Heureusement, son grimoire n'est pas trop difficile à comprendre!

– Bravo! lança fièrement Béorf. Sartigan dit toujours qu'il faut suivre sa voix intérieure…

– Et prendre des risques…

– …CALCULÉS! s'exclamèrent les deux garçons en même temps dans un fou rire.

– Ce qui me fait peur, reprit Béorf, redevenu sérieux, c'est ce cœur… Tu l'as vu? Il bat encore dans son pot… C'est terrible!

– J'en ai aussi des frissons dans le dos. Je vais étudier le grimoire et bien fouiller le coffre. Peut-être aurons-nous une réponse!

Guidée par Helmic, la troupe arriva bien vite aux grottes. Celles-ci étaient situées à la base de la petite montagne qu'avaient escaladée, plus tôt, Amos et Béorf. L'endroit semblait idéal pour y monter un campement. Les béorites s'installèrent et partirent ensuite chacun de leur côté à la recherche de nourriture. Banry dégagea les garçons de la tâche de ravitaillement et leur demanda de garder le camp.

Dans l'attente du retour de leurs compagnons, Amos concentra son attention sur le coffre de la sorcière pendant que Béorf pénétrait plus profondément dans les grottes.

Le jeune porteur de masques étudia le grimoire avec attention. Il y découvrit des recettes

109

de potions et des formules magiques, mais rien pouvant indiquer pourquoi un cœur se trouvait dans ce coffre. L'organe, plongé dans une solution gluante et translucide, se tenait bien au centre du pot. Amos pensa alors à Lolya. La jeune sorcière aurait pu lui être d'un grand secours dans l'étude et la compréhension de ce grimoire.

Quant à Béorf, il revint bredouille de son exploration des cavernes. Le gros garçon s'assit lourdement près d'Amos et dit:

– Il n'y a rien dans ces grottes… Rien de rien! J'espérais trouver quelque chose d'intéressant comme des dessins primitifs, des runes ou bien encore un trésor. Malheureusement, on ne gagne pas à tous les coups et il arrive que des grottes ne soient que de simples trous dans les rochers…

– Comment va notre ami dans son bocal?

– Il dort. Je lui ai donné quelques grillons à manger et il semble rassasié. Si un jour quelqu'un m'avait dit que je me promènerais avec un dragon dans un bocal, je ne l'aurais pas cru! Que va-t-on faire maintenant? Personne ne sait comment quitter cette île. Il nous faudrait un autre bateau! Je pense que, cette fois, notre aventure se termine ici…

– Je ne vois pas de solution, moi non plus! soupira le porteur de masques. On dirait que rien ne fonctionne…

110

– Je me demande ce que dirait Sartigan s'il était là, s'interrogea Béorf à voix haute.

– Il dirait, répondit Amos en imitant le maître, que c'est dans les moments les plus sombres qu'on voit le mieux la lumière!

– Si on avait des chevaux qui galopent sur l'eau, les problèmes de bateau vous seraient réglés! Malheureusement, ça n'existe pas...

Amos se tourna vers son ami en exhibant un large sourire:

– Béorf, tu es un GÉNIE!

– Encore une fois, je ne sais pas de quoi tu parles! Mais si tu penses que je suis génial, tu as sûrement raison...

# 9

# Les Kelpies

Amos fouilla rapidement dans ses affaires et sortit les oreilles d'elfe en cristal.

– J'ai eu une idée! Une idée qui peut nous sauver! Reste ici pour surveiller les lieux. Je reviens dans un moment!

– Et je fais quoi si le dragon reprend sa taille originale? s'inquiéta Béorf.

– Tu lui fais la conversation en essayant de ne pas te faire dévorer! cria le jeune porteur de masques, déjà loin. Raconte-lui une de tes blagues, ça devrait l'endormir!

– Bon, ronchonna le gros garçon, autrement dit, je me débrouille avec mes problèmes!

Amos arriva bien vite sur la petite plage, tout près de l'endroit où le drakkar avait brûlé. Il entra dans l'eau jusqu'à la taille, ferma les yeux et se concentra. En faisant appel au masque de l'eau et à sa pierre de puissance, il tenta d'envoyer un message aux Kelpies. En hennissant, le garçon donna trois coups de tête dans l'eau. Cette action étrange créa une vibration qui enveloppa son message, un peu comme l'enveloppe d'une lettre. L'onde s'enfonça dans les profondeurs de l'océan.

Le porteur de masques répéta son appel plusieurs fois. Heureusement pour Amos, la chance était de son côté. Passant par là, un banc de harengs capta les vibrations d'un de ses messages et amplifia son signal jusqu'à une douzaine de saumons. Ceux-ci l'acheminèrent sur le dos d'une immense baleine bleue qui l'emporta dans les abîmes et le passa à quelques morues. Le message vibratoire alla ensuite s'enrouler autour d'un homard, puis d'un crabe et d'un bernard-l'hermite avant de se placer sous les petites nageoires d'une grande anguille. Il parvint enfin à destination en terminant sa course dans l'oreille du chef des Kelpies.

Amos sortit de l'eau après une heure de travail. La mer était glacée et il grelottait de tout son corps. Il utilisa encore une fois ses pouvoirs et, grâce au masque du feu, réussit facilement à augmenter la température de son corps. Rapidement, comme s'il était pris d'une fièvre soudaine, de grosses gouttes de sueur perlèrent sur son front. Il n'avait plus froid! Sartigan lui avait montré comment faire circuler en lui la magie des éléments. C'était grâce à cette technique que le maître pouvait marcher pieds nus tout l'hiver sans jamais se geler un seul orteil. Sartigan, qui n'était pas un porteur de masques et ne possédait pas en lui la magie des éléments, arrivait à accomplir ce prodige par un contrôle parfait de sa pensée.

Se sentant mieux, le garçon relâcha sa concentration. Il soupira en pensant que sa tentative d'entrer en communication avec les Kelpies semblait avoir échoué. Que faire maintenant? Il devait trouver une autre solution!

Comme Amos allait quitter la petite plage, l'eau commença à s'agiter sous ses yeux. À travers le bouillonnement, le porteur de masques vit émerger une bonne vingtaine de Kelpies. Ces êtres des eaux profondes, mi-hommes mi-chevaux, mesuraient près de deux mètres de haut. Ils marchaient sur deux pattes munies de puissants sabots. Leur large tête à forte crinière et leur grande queue étaient celles du cheval tandis que leur torse et leurs bras ressemblaient à ceux de l'humain.

Amos vérifia si ses oreilles de cristal étaient bien en place et commença à discuter avec les créatures marines.

– Bonjour, dit-il en frappant le sol trois fois de son pied droit, je suis heureux de vous voir. Merci d'être venus !

– Amos Daragon, le porteur de masques ! lança le chef du groupe en hennissant avec vigueur. Tu es un ami du peuple kelpie. Nous te devons respect et assistance.

– J'ai besoin d'aide ! s'écria le garçon en ouvrant démesurément la bouche pour montrer ses dents. Nous sommes prisonniers ici. Notre bateau a été détruit par le feu et nous devons nous rendre à l'île de Freyja.

– Tu sais qu'aucun humain n'est autorisé à traverser la Grande Barrière de brume, l'avisa poliment le Kelpie en galopant sur place. L'Homme gris vous empêchera de passer.

– Je sais, fit Amos en ruant à plusieurs reprises. Je dois quand même tenter ma chance. Il en va de l'avenir de la race des béorites. Peux-tu m'aider ?

– Ta destinée est ton choix, je ne suis pas là pour la critiquer, poursuivit l'humanoïde en balançant la tête de haut en bas. Je tenais simplement à t'avertir du danger. Je suis là parce que tu as appelé à l'aide. Demande, j'écoute…

– Merci bien, répondit le porteur de masques en expulsant bruyamment de l'air par les narines. Derrière cette île, il y a un bateau échoué. Voudriez-vous nous aider, mes amis et moi, à remettre cette épave à flot afin que nous puissions poursuivre notre voyage ?

– Nous pouvons faire cela pour toi, mais nous le ferons sans aide ! assura le Kelpie en trottinant sur place. Nous travaillerons cette nuit et, demain, vous aurez votre bateau. Tes amis peuvent se reposer. Ce délai est-il raisonnable pour toi ?

– C'est encore mieux que je ne l'espérais ! clama Amos en sautant rapidement de tous les côtés. Comment pourrais-je vous remercier ? Comment vous rendre la pareille ?

– Le moment viendra, porteur de masques…, affirma la créature en écumant abondamment. Je te revois demain au lever du soleil, de l'autre côté de l'île.

– J'ai une dette envers toi, conclut le garçon en faisant une profonde révérence et en tirant la langue.

– Allons, frères ! ordonna le Kelpie avant de plonger dans l'eau, nous avons du travail…

Amos retira ses oreilles de cristal et rentra vite au campement. Lorsqu'il arriva aux grottes, tous les béorites étaient assis autour d'un feu et mangeaient avidement.

– Tu es revenu à temps ! s'écria Hulot. Encore deux minutes de retard et tu passais sous la table… enfin, façon de parler !

— Nous partons demain à l'aube! lança fièrement le garçon, un sourire aux lèvres.

— Comment ça, nous partons? demanda Rutha la Valkyrie. Tu délires, mon garçon! Je te rappelle que nous n'avons plus de bateau et, à moins que tu ne puisses nous faire voler grâce à tes pouvoirs, je ne vois vraiment pas comment nous pourrions quitter cette île.

— Nous aurons un nouveau bateau demain. J'ai des amis qui s'occupent de tout. Faites-moi confiance!

— Ce garçon me surprendra toujours! se réjouit Helmic en mordant dans une cuisse de faisan. Je lui fais confiance et je ne pose même pas de questions! Un garçon qui est capable de réduire un dragon, de se faire obéir du vent, du feu et de l'eau, moi, ça me dépasse! Il est capable de tout, notre Amos, même de faire apparaître un bateau…

— Eh bien, terminons ce repas et dormons en paix, se contenta de dire Banry. Nous verrons demain ce qu'Amos nous réserve…

— Et c'est Béorf qui m'a donné l'idée, confia Amos en prenant place autour du feu.

— Oui, s'étonna le gros garçon, mais l'idée de quoi? Je ne vois pas…

Pendant la nuit, à travers la rumeur du vent dans les arbres et celle des vagues se brisant sur les rives de l'île, Amos écouta en silence les vocalises des Kelpies. Les créatures chantèrent du crépuscule à l'aube. Leurs voix s'harmonisant avec les bruits ambiants, la longue plainte mélodieuse répandit dans toute l'île une musique apaisante. Située quelque part entre le hurlement du loup, le chant des baleines et le sifflement du vent, cette berceuse pénétra profondément Amos en enveloppant son âme.

Le garçon fit un songe dans lequel il vit une grande tour qui s'élevait vers les cieux. Il vit aussi Frilla, sa mère. Celle-ci travaillait à la construction du bâtiment. Elle avait vieilli et ses traits semblaient plus durs, marqués par la souffrance physique et morale. Très amaigrie, la pauvre femme avait du mal à respirer.

Cette vision se dissipa pour faire place à des explosions de couleurs lumineuses s'agitant derrière les paupières fermées d'Amos. Un bien-être indescriptible l'envahit. La magie circulait en lui en stimulant chaque partie de son corps, en éveillant chaque partie de son cerveau.

Les heures s'écoulèrent ainsi sans que les ronflements des béorites ne le dérangent, sans que personne ne vienne troubler sa paix intérieure.

Amos était resté en position de méditation toute la nuit. Lorsqu'il ouvrit les yeux, il eut l'impression d'avoir dormi à peine une heure. Il regarda autour de lui et s'aperçut bien vite qu'il ne touchait plus le sol. Il flottait dans les airs à environ trente centimètres de la terre. Le garçon était en pleine lévitation !

Dès qu'il prit conscience de son état, Amos tomba sur ses fesses et se cogna le coccyx sur une pierre. À cause de la douleur provoquée par cette petite chute, il demeura quelques secondes sans bouger en essayant de comprendre ce qui venait de lui arriver. Le porteur de masques se sentait reposé et détendu, prêt à l'action ! La nuit avait complètement refait ses forces.

Comme les béorites ronflaient toujours dans la grotte, Amos décida de se rendre seul de l'autre côté de l'île. Il était impatient de voir si les Kelpies avaient réussi à tenir leur promesse.

Lorsqu'il arriva sur la plage de galets, il aperçut, au loin, le bateau prêt à prendre le large. Ses yeux se mouillèrent de joie. Un grand bonheur lui serra la gorge ! Les Kelpies étaient donc véritablement ses amis et le navire était grandiose !

# 10

# L'Homme gris

Les béorites étaient bouche bée! Devant leurs yeux, un magnifique trois-mâts, dix fois plus gros que leur drakkar d'origine, flottait dans l'air humide du matin. L'ancienne épave avait été complètement refaite, de la quille à la vigie. Des mosaïques de coraux multicolores calfeutraient les brèches alors que coquillages, anémones et étoiles de mer composaient la majeure partie de la nouvelle coque. Une figure de proue, représentant un Kelpie les bras ouverts, tête penchée vers l'avant et figé en pleine course, ornait le bateau. Dans la lumière du soleil, le pont brillait de mille feux.

En montant sur le vaisseau, l'équipage de béorites constata avec étonnement que tous les cordages étaient faits d'algues marines finement tressées. Dans la cale, des barils d'eau potable, de poissons séchés et salés, de homards vivants et autres crustacés attendaient les navigateurs.

– C'est un miracle ! s'exclama Banry qui n'en croyait pas ses yeux.

– Avoir su, dit Hulot en se grattant la barbe, nous aurions coulé le drakkar bien avant ! Ce bateau est…

– … extraordinaire ! s'écria Piotr le Géant. Il est tout simplement extraordinaire !

– Tu te souviens, demanda Kasso à Amos, Banry t'avait parlé de Skidbladnir avant notre départ ?

– Oui, répondit le garçon, le superbe bateau qui pouvait glisser sur la terre, la mer et voler dans les airs.

– Eh bien, poursuivit Kasso, personnellement je n'ai jamais vu ce grand bateau de légende, mais il doit sûrement ressembler à celui-ci…

– Il y a un problème, intervint Banry, il n'y a pas de voiles ni de rames ! Comment allons-nous avancer ?

L'équipage fouilla le navire en essayant de trouver un moyen de propulsion. Il devait bien y avoir une façon de le faire avancer ! C'est Goy qui, à l'arrière, juste à côté de la barre du capitaine, remarqua deux très longues cordes qui s'enfonçaient dans l'eau. Il y en avait une à bâbord et une à tribord. Le béorite pensa immédiatement à deux brides et les saisit machinalement dans ses mains. En imitant un conducteur de chariot, il claqua les deux cordes et lança d'une voix forte :

– En avant !

Le navire tangua subitement. De gros bouillons blancs l'entourèrent, puis vingt-cinq hippocampes de mer émergèrent des deux côtés du vaisseau. Il y en avait douze d'entre eux à bâbord, douze à tribord, et un meneur à l'avant. Ils étaient attachés au bateau par un système complexe d'attelages et de nœuds.

Ces créatures avaient une tête et un buste de pur-sang s'affinant à la taille pour se terminer en une longue queue serpentine. Leurs pattes avant ressemblaient à celles du cheval et l'on pouvait apercevoir, au bout, non pas des sabots, mais de larges nageoires palmées. La peau de ces coureurs aquatiques semblait être constituée de petites écailles argentées très acérées.

Excité par sa découverte, Goy fit claquer les brides une deuxième fois en hurlant :

– En avant, mes jolis !

Les chevaux aquatiques commencèrent alors à agiter leur puissante queue. Le navire bougea lentement, puis il prit sa route en avançant de plus en plus vite.

– Voilà un système qui me plaît! s'écria Piotr le Géant. Plus de rames pour nous fatiguer et pas de bon vent à attendre! J'adore ce bateau... Je l'adore!

Kasso s'installa près de son frère et déroula ses précieuses cartes marines. Le navigateur ne les avait pas perdues dans l'incendie du drakkar, car il les emportait toujours avec lui, où qu'il aille.

– Bravo, frérot! lança-t-il gentiment.

– Je n'arrive pas à croire que je conduis un attelage de vingt-cinq chevaux marins! répondit Goy, tout excité. C'est encore plus facile à manœuvrer sur l'eau que sur la terre. Les virages se font en douceur et nous voguons encore plus rapidement qu'avec un vent fort...

À la proue du navire, Amos respirait à pleins poumons l'air iodé de l'océan. Il avait encore une fois réussi l'impossible! Après avoir tout perdu, sauf quelques armes et effets personnels, les béorites avaient retrouvé un navire, des provisions et l'espoir de se rendre à l'île de Freyja. De plus, l'équipage n'avait plus besoin de ramer ou d'attendre les bons vents. Chacun pouvait se reposer tout en naviguant. Quelle belle réussite pour le jeune porteur de masques!

Toute la journée, les hippocampes accomplirent admirablement leur travail. Ils tirèrent

124

le bateau avec force et constance, si bien que, au coucher du soleil, Kasso remarqua une avance de plus de deux jours sur ses plans initiaux de navigation.

Tout naturellement et sans que personne ne les guide, les hippocampes terminèrent leur journée en s'arrêtant au beau milieu d'un grand champ d'algues marines. Sous le navire poussait une forêt de varech dont raffolent les chevaux de mer.

Les béorites se groupèrent pour discuter de la suite du voyage.

– À ce rythme, déclara Kasso, nous serons à la Grande Barrière de brume dans moins de trois jours.

– Des légendes racontent que cette barrière est impossible à franchir ! soupira Hulot. C'est un épais brouillard qui perd les équipages et les fait tourner en rond pendant des mois entiers. Pire encore, il arrive souvent que des marins fracassent leur embarcation sur des récifs et finissent au fond de la mer !

– Il y a sûrement un moyen de passer ! s'écria Banry. Nous devons absolument atteindre l'île de Freyja, c'est le sort de notre race qui est en jeu.

– Je pense savoir comment négocier notre passage, dit Amos. Les légendes parlent de l'Homme gris. Avec ce que j'en ai appris dans

*Al-Qatrum, les territoires de l'ombre*, je pense être capable de le déjouer. J'ai un plan !

Amos exposa sa ruse à ses compagnons. Ceux-ci approuvèrent la stratégie. Ils continuèrent à discuter en dévorant quelques homards, puis se préparèrent pour la nuit. Des tours de garde furent organisés. Cette première nuit en mer s'avéra calme et sans surprise, tout comme les quelques jours qui précédèrent l'arrivée du navire à la Grande Barrière de brume. L'équipage en profita pour se faire dorer au soleil, jouer aux dés, aux cartes, s'entraîner au combat et manger.

Goy, ravi de conduire un tel vaisseau, occupa la position de capitaine. Ainsi, les frères Azulson héritèrent naturellement de la tâche de mener l'équipage à bon port. Banry céda volontiers sa place et s'en remit entièrement à ses deux équipiers. Cette pause lui permit de bien se reposer afin d'affronter les périls à venir.

Amos passa de longues heures à examiner de plus près le coffre et le grimoire de la sorcière. Malheureusement, il n'y trouva rien de nouveau. Béorf, qui gardait sans cesse l'œil sur le dragon, était attentif à tout changement éventuel de taille. Le sort tenait toujours bon et la créature mangeait avidement tous les insectes que le gros garçon lui offrait. Jusque-là, tout allait bien.

Un soir, alors que le soleil venait à peine de disparaître derrière l'océan, un épais brouillard enveloppa soudainement le bateau. Kasso déclara que, selon ses cartes, la Grande Barrière se trouvait juste devant, à quelques lieues. Goy fit ralentir la cadence des hippocampes et, très lentement, dans un silence absolu, le bateau glissa vers sa destination.

Amos respira un bon coup en révisant mentalement son plan. Il enfila ensuite ses oreilles de cristal et fit signe à l'équipage de se tenir prêt.

Le trois-mâts avança lentement pendant encore une heure sans que rien d'étrange ou d'inhabituel ne survienne. Tandis que le jeune porteur de masques se demandait si l'Homme gris existait réellement, le brouillard se déplaça en tourbillons pour former un immense visage de vieillard juste devant le bateau. Sa barbe était faite d'une brume claire et lumineuse alors que sa peau, plus foncée et de couleur grise, avait l'aspect des lourds matins humides d'automne. De fines gouttelettes, vaporeuses et légères, s'échappèrent de sa bouche lorsqu'il dit, d'une voix éraillée et vacillante :

– On ne passe pas ! Voyageurs, retournez d'où vous venez ! Vous êtes devant la Grande Barrière et j'en suis le gardien. Il est écrit, dans les tables de lois du ciel et des enfers, qu'aucun humain n'est autorisé à franchir cette frontière.

– Très bien, lui cria Amos en se dirigeant vers la proue du navire, alors laissez-moi passer !

– N'as-tu pas compris ce que je viens de dire à l'instant ? insista l'Homme gris.

– Si, répondit promptement Amos. Vous venez de dire que les humains ne sont pas autorisés à traverser la Grande Barrière. Mais, moi, je ne suis pas humain, je suis un elfe ! Regardez mes oreilles !

Comme les oreilles de cristal que lui avait données Gwenfadrille se moulaient aux siennes en les rendant pointues, Amos avait bel et bien l'allure d'un elfe.

– Mais… mais…, balbutia le gardien en ouvrant très grands ses yeux vaporeux, les elfes n'existent plus dans ce monde. Ils ont quitté la Terre il y a des siècles de cela. Comment expliques-tu ta présence ici ? Et pourquoi veux-tu traverser la Grande Barrière ?

– Il y a longtemps que vous n'avez pas quitté votre poste, vieux gardien ! lança Amos avec une pointe d'arrogance dans la voix. Les elfes sont revenus et peuplent plusieurs forêts du monde !

– Eh bien…, soupira l'Homme gris, je l'ignorais ! Il est vrai que je suis en poste depuis bien longtemps et que la vie change autour de moi. Je n'ai pas de nouvelles du reste du monde depuis bien des années… Je suis toujours dans le brouillard !

– Et laissez-moi vous montrer ma cargaison ! s'écria Amos, sûr de lui.

Le jeune porteur de masques ouvrit la cale du navire pour libérer… des ours ! Les béorites avaient pris leur forme animale. Un à un, les membres de l'équipage sortirent nonchalamment et se dispersèrent çà et là sur le pont.

– Un elfe qui transporte des ours ?! s'étonna le gardien. C'est peu commun…

– Je suis un messager du grand dieu Odin, lui expliqua Amos, et je dois me rendre sur l'île de Freyja afin de lui remettre ce cadeau.

– Mais… mais je croyais que Freyja et Odin étaient en guerre ! fit le vieux brumeux, perplexe.

– Décidément, lança Amos sur un ton narquois, vous avez du retard dans les nouvelles. Odin et Freyja vont se marier et ces ours sont un cadeau de noces. Vous savez qu'ils sont les créatures préférées du grand dieu. Ma mission est simple : je livre ces bêtes sur l'île de Freyja et je retourne chez moi !

– Tu me garantis qu'il n'y a pas d'humains à bord ? lança le gardien, un peu étourdi par les révélations d'Amos.

– Vérifiez vous-même ! répondit le garçon avec un soupir d'impatience.

– Je suis certain d'au moins une chose, reprit

le gardien en se dématérialisant lentement, c'est que tu es bien un elfe. Tu as l'arrogance des créatures de ta race et l'impolitesse de tes aïeux!

Amos jouait bien son rôle. Le brouillard envahit l'intérieur du bateau en s'infiltrant dans les moindres recoins. Après une fouille méticuleuse du navire, le visage du gardien reprit sa place dans les airs.

– Très bien, il n'y a pas d'humains à bord. Tu as le droit de passage. Je te souhaite un bon voyage et j'espère que tu arriveras à bon port.

– Merci! répondit Amos en saisissant les brides des hippocampes. Allez, en avant!

Le bateau tangua légèrement avant de reprendre sa route, et l'Homme gris se dissipa. Pendant que le navire avançait dans l'épais brouillard, les béorites se regardèrent les uns les autres et, à quatre pattes, se mirent à rire de satisfaction. Amos avait bien roulé le gardien de la Grande Barrière.

Le navire voguait désormais dans des eaux qui n'avaient jamais été cartographiées, ni même explorées. Au grand soulagement d'Amos, de Banry et des frères Azulson, le navire ne tomba pas dans le vide et l'équipage ne fut pas dévoré par le serpent Vidofnir. Les béorites avaient maintenant un bon bateau, l'estomac bien rempli et de grandes aventures à vivre. Rien ne semblait pouvoir les arrêter!

# 11

# Les serpents de mer

Le dieu Loki bouillait d'une colère vindicative. Jusque-là, tous ses plans avaient lamentablement échoué! Une grande frustration l'avait assailli face au lamentable échec de son assassin. En effet, la sorcière Baya Gaya avait fait chou blanc. Comment avait-elle pu se laisser manipuler de la sorte? Et par deux enfants! Elle méritait d'être écorchée vive! D'ailleurs, il l'avait bien punie, cette vieille bique, en la faisant griller!

Les choses avaient mal tourné pour Loki. En brûlant le drakkar des béorites, le dieu avait pensé faire d'une pierre deux coups! Il se débarrassait de l'incompétente Baya Gaya et condamnait l'équipage à pourrir sur l'île. Un merveilleux plan, gâché par Amos!

Grâce au porteur de masques, l'équipage s'était une fois de plus sorti du pétrin. À son grand déplaisir, Loki avait vu les Kelpies porter secours aux hommanimaux.

Restait encore la Grande Barrière de brouillard à traverser et Loki, convaincu que ce serait la fin de l'expédition des béorites, n'en avait pas cru ses yeux ! Amos avait réussi à passer là où les meilleurs navigateurs avaient échoué. Il avait trompé le plus vigilant des gardiens du monde sans grande difficulté.

C'en était assez ! Pour le dieu du Feu et de la Discorde, les béorites ne devaient, en aucun cas, atteindre l'île de Freyja. Loki profitait beaucoup trop de la mésentente entre Odin, chef des dieux, et la déesse de la Fécondité. Il préparait un coup d'éclat et cette possible réconciliation dans le panthéon du bien venait menacer l'exécution de ses plans.

Loki ne supportait pas l'ennui et il n'y avait rien de plus ennuyeux pour lui que de voir les jours se dérouler sans le moindre accroc. Avant l'entrée en scène d'Amos, le dieu s'amusait à jouer des tours aux autres dieux, à les exposer au danger. La dispute entre Odin et Freyja n'avait fait qu'accroître son pouvoir et, maintenant, il avait des projets grandioses ! Jamais il ne laisserait un petit humain, une vermine de porteur de masques, détruire ses aspirations en réconciliant ses ennemis.

Loki devait agir au plus vite en portant un coup fatal à cette expédition! Il allait couler le bateau des Kelpies, noyer cet équipage de stupides béorites et se débarrasser d'Amos une bonne fois pour toutes!

Du haut de son trône céleste, le dieu s'arracha trois cheveux. Il les caressa délicatement en prononçant une formule:

— Trois de mes cheveux qui deviendront trois de mes enfants! Petits serpents deviendront grands. Faites ce que vous avez à faire et ne me décevez pas…

D'un gracieux mouvement, Loki laissa tomber ses trois cheveux. Ceux-ci se posèrent sur l'océan où ils prirent la forme de trois gigantesques serpents de mer. Longs d'une soixantaine de mètres, le corps recouvert de solides écailles, munis d'énormes crocs et les yeux flamboyants, les trois monstres marins foncèrent vers le sud à la rencontre des béorites.

Loki se frotta les mains de contentement et murmura:

— Voyons ce que tu feras contre cela, petit porteur de masques!

* * *

Quelques jours s'étaient écoulés et la Grande Barrière était maintenant loin derrière. Sur le pont du navire, l'équipage parlait encore de la ruse d'Amos. Les béorites, qui avaient depuis longtemps repris leur forme humaine, se prélassaient au soleil.

Béorf et Amos s'étaient fabriqué de rudimentaires cannes à pêche. Ils avaient jeté leur ligne à la mer à l'arrière du bateau, mais n'avaient encore rien pris.

– En plus d'être un bon magicien, lança Béorf pour taquiner son ami, tu es un fameux menteur !

– Il faut dire « comédien », Béorf, précisa Amos. En fait, je n'ai pas vraiment menti, j'ai seulement amélioré la vérité.

Tout près d'eux, les béorites s'esclaffèrent.

– Améliorer la vérité ! lança Helmic. Elle est encore meilleure, celle-là !

– TAISEZ-VOUS ! ordonna soudainement Banry. À VOS ARMES ! JE SENS UNE MENACE !

– C'est bien vrai, approuva Rutha la Valkyrie, l'air est plus lourd… Une odeur de mort entoure le bateau.

– LÀ, DERRIÈRE NOUS ! cria Piotr le Géant. FONCE DROIT DEVANT, GOY ! À FOND DE TRAIN !

Goy fit claquer ses brides et les hippocampes mirent les turbos. Trois ombres se profilaient dans l'eau et approchaient à grande vitesse du navire.

– Qu'est-ce que c'est? demanda anxieusement Béorf.

– Ce sont des serpents de mer! répondit Helmic en serrant les dents. J'en ai déjà affronté quelques-uns, mais jamais trois à la fois! Je sens que ce ne sera pas facile…

– Tu veux dire: impossible! s'écria Hulot.

– Rappelez-vous, fit Banry en empoignant solidement le manche de sa hache, qu'il faut leur crever les yeux! C'est la seule façon de les vaincre. Alors, qui fait le premier plongeon?

– MOI! cria Piotr le Géant en grimpant sur le mât. Occupez-vous de les distraire, je me charge d'un premier.

Kasso saisit son arc et s'installa près de son frère aux commandes du navire. Il était clair que les hippocampes n'arriveraient pas à semer les poursuivants. Après avoir plongé profondément, les serpents de mer remontèrent d'un coup vers la surface, sous le navire, et frappèrent fortement la coque. Le trois-mâts vacilla et tout le monde perdit l'équilibre!

Une tête émergea alors à bâbord. Le serpent était en train de dévorer un des hippocampes. Le cheval de mer se débattait en poussant des hennissements de panique. Le spectacle fit frémir Amos et glaça le sang de Béorf.

Une deuxième tête surgit à l'arrière du bateau. Comme le serpent ouvrait la bouche pour s'attaquer à la coque, Kasso décocha une flèche qui se ficha directement dans le palais de la bête. Cela eut pour effet de lui faire perdre un peu de terrain.

Juste devant le navire, le troisième serpent jaillit brutalement, lui coupant ainsi la route. Mais Goy manœuvra habilement et le bateau frôla le monstre.

À ce moment, un terrible cri de guerre retentit! Piotr le Géant, mi-homme mi-grizzly, bondit du haut du mât et atterrit sur la tête du gigantesque serpent. Le béorite, un grand couteau entre les dents, enfonça profondément ses griffes dans la peau de l'animal afin de se stabiliser. Le monstre plongea en entraînant avec lui l'hommanimal dans les profondeurs de l'océan.

Un autre hippocampe se fit avaler tout rond sous les yeux d'Amos pendant que, derrière le navire, le monstre au palais troué revenait à la charge.

Helmic, prêt à l'action, avait eu le temps de fabriquer un grappin rudimentaire qu'il avait attaché au bout d'une longue corde. Il fit tourner l'instrument au-dessus de sa tête, le lança vers le serpent et réussit à l'enrouler autour du cou de la bête. Ses compagnons empoignèrent la corde et, tous ensemble, ils tirèrent un bon coup. La tête du serpent vint fracasser le pont du navire en détruisant au passage une partie du bastingage.

Banry bondit sur la créature. Sa hache fendit l'air et frappa le monstre entre les yeux. Un sang noir et visqueux éclaboussa le pont. Rutha la Valkyrie creva l'œil droit de la bête d'un habile coup de lance. La douleur décupla les forces du serpent et, d'un coup de tête, il arracha le mât arrière en propulsant Alré la Hache à l'eau. Avec sa gueule, il s'empara ensuite d'Helmic et le lança une bonne vingtaine de mètres derrière lui. Banry cria alors d'une voix forte :

– Deux ours à la mer ! Deux ours à la mer !

Pour Amos, il était temps d'agir. Le porteur de masques saisit une lance, se concentra quelques secondes et fit appel à ses pouvoirs sur l'air. Il lança son arme vers le monstre devenu borgne. Le vent porta la lance à une vitesse extraordinaire et celle-ci se planta profondément dans la gorge du serpent. Béorf cria :

– Joli coup, Amos ! C'est maintenant mon tour… En voici un qui ne mangera plus nos hippocampes !

À la manière de Piotr le Géant, le gros garçon se lança à bâbord sur la tête de l'autre serpent. D'un mouvement brusque, le gigantesque reptile le réexpédia sur le pont du navire. Le jeune béorite fit dans les airs un voyage aussi long que le hurlement qu'il poussa. Il atterrit violemment dans l'ouverture du pont qui menait à la cale. Béorf déboula l'escalier et termina sa course la tête première dans un baril de morues salées. Il avait son compte !

Goy était toujours aux commandes du bateau et, avec trois hippocampes en moins à bâbord, le vaisseau se dirigeait assez mal.

À la poupe, Banry, Kasso et Rutha contrôlaient la situation ; « leur » serpent, gravement blessé par la lance d'Amos, était sur le point de rendre l'âme. Kasso décochait des flèches à une vitesse folle, visant l'œil encore ouvert du serpent borgne. Avec Helmic et Alré à l'eau, la bataille devait vite se terminer !

Piotr, agrippé à « son » serpent, avait disparu du décor, tout comme Hulot…

Le jeune porteur de masques se retrouva face à face avec le monstre marin qui venait, à l'instant, d'envoyer Béorf à la cale. La bête s'élança sur le garçon et ses terribles mâchoires s'emparèrent de lui ! Amos comprit qu'il devait faire rapidement quelque chose pour éviter d'être broyé…

Il saisit un des crocs du serpent. Connaissant la douleur que peut causer une bonne rage de dents, le porteur de masques déchargea, d'un coup, toute sa puissance de feu d'entre ses mains. Le nerf de la dent du monstre grilla instantanément en lui arrachant une plainte douloureuse.

Libéré, Amos retomba abruptement sur le pont du navire. Excepté quelques éraflures aux bras et aux jambes, il n'était pas blessé. Ce bref instant passé dans la bouche du serpent de mer lui avait rappelé que, malgré ses pouvoirs, la prudence en toutes circonstances était de mise. Les porteurs de masques n'étaient pas des êtres invincibles. Amos savait qu'il avait eu de la chance. Il s'en tirait à bon compte.

La créature enragée replongea sur lui. Le garçon évita un premier coup de gueule, puis un deuxième. Au troisième assaut, il ouvrit la bouche et, tel un dragon, cracha un jet de flammes sur son adversaire. La bête, surprise par ce nouveau moyen de défense, recula un peu.

Amos se rappela alors les enseignements de Sartigan. Le vieil homme disait qu'il ne sert à rien, face à un ennemi plus grand et plus fort que soi, de le combattre avec ses muscles. Il faut toujours, d'abord et avant tout, combattre avec sa tête. Le maître lui avait fait remarquer que, malgré le poids et la pression de l'océan, une petite bulle fragile et inoffensive réussit toujours à percer les eaux.

« Une bulle ! pensa Amos. Il me faut une bulle ! »

Alors que le serpent revenait à la charge, gueule ouverte, prêt à mordre, le porteur de masques saisit par terre un poignard perdu pendant la bagarre. Il réussit à lui faire une égratignure, juste sur la lèvre inférieure. Le monstre recula pour préparer une nouvelle attaque puis, tout à coup, commença à secouer étrangement la tête.

Grâce à sa magie, Amos venait de faire entrer une toute petite bulle d'air dans le système sanguin du serpent. Une bulle qu'il contrôlait et qu'il faisait grossir ! Chacun sait qu'il ne faut jamais faire entrer d'air dans le système sanguin d'un humain, d'un mammifère ou encore d'un reptile. Les conséquences peuvent être désastreuses. Amos le savait !

Le porteur de masques fit prendre du volume à sa bulle et attendit quelques secondes. Celle-ci circula dans tout le corps du monstre et finit par atteindre son cerveau. Le serpent de mer eut un tressaillement, se figea et tomba raide mort sur le pont avant du bateau. Son corps glissa ensuite du navire et s'enfonça lentement dans l'océan.

À l'arrière du navire, les béorites, eux aussi, avaient eu raison de « leur » serpent. Banry et Rutha, ensanglantés, balancèrent les restes du monstre à l'eau. Kasso cria :

– Demi-tour, Goy ! Nous avons perdu Alré, Helmic et Piotr en chemin. Nous devons les récupérer !

– Je voudrais bien, répondit Goy, mais il me manque trois hippocampes à bâbord ! Il faudrait équilibrer l'attelage.

– Nous n'avons pas le temps ! hurla Banry. Fais de ton mieux et ramène-nous en arrière !

– Je fais tout mon possible ! grogna Goy, à bout de souffle et les bras ankylosés.

Le navire fit péniblement demi-tour.

– Hulot ! Il manque Hulot Hulson également ! cria Rutha la Valkyrie.

– Non, je suis ici ! répondit le béorite en remontant de la cale. Quand j'ai vu que les serpents de mer attaquaient la coque du navire, j'ai pensé qu'il serait peut-être plus prudent de descendre vérifier les dégâts. C'est ce que j'ai fait ! Tout va bien, je vous confirme que la coque est en parfait état !

– QUEL PEUREUX ! grogna Rutha.

– MOI, peureux ? lança Hulot sur un ton de défi. PRUDENT ! Je ne suis pas peureux, je suis prudent !

Béorf, étourdi et couvert de morues salées, remonta lui aussi de la cale.

— Avons-nous gagné? demanda-t-il en chancelant.

— Oui, répondit Amos. Malheureusement, nous avons perdu Alré, Helmic et Piotr.

— Mais non! s'exclama Béorf. La dernière fois que j'ai vu Piotr le Géant, il était bien agrippé à la tête d'un de ces monstres!

— Désolé, fit Banry. Alré et Helmic sont tombés à l'eau. Nous tentons de les retrouver…

Pendant de longues heures, l'équipage chercha sans succès les béorites manquants. La mer était calme et le navire vogua lentement en décrivant un tracé sinueux.

Les hippocampes étaient à bout de forces. Brisés par leurs efforts durant l'affrontement avec les serpents de mer, ils s'arrêtèrent d'euxmêmes dans une vaste étendue d'algues marines. Il n'y avait plus rien à faire, le bateau ne bougerait pas de là avant le lever du soleil.

— Qu'allons-nous faire maintenant? demanda Goy.

— Nous allons scruter l'horizon jusqu'à la tombée de la nuit, répondit Banry, découragé. Ensuite, nous allumerons un feu dans un brasero sur le pont du navire afin que nos compagnons puissent nous voir et nager vers nous… en espérant, bien sûr, qu'ils en aient encore la force!

Selon les indications de Banry, Kasso alluma un feu, et les béorites, rompus de fatigue mais rongés d'inquiétude, essayèrent tant bien que mal de fermer l'œil. Amos et Béorf furent chargés du premier tour de garde. Les deux garçons, assis côte à côte, regardaient les étoiles.

– Tu sais, commença Béorf, lorsque mes parents sont morts, j'ai ressenti cette même douleur. Tu comprends ce que je veux dire? C'est une espèce de vide à l'intérieur de moi, un trou impossible à combler par lequel mon âme voudrait fuir pour aller les rejoindre.

– Oui, répondit Amos, je comprends très bien. Je l'ai aussi ressenti très fortement à la mort de mon père. Aussi lorsque Médousa s'est regardée dans le miroir et qu'elle s'est pulvérisée. Quel choc !

– Je pense souvent à elle. Je ne peux pas me la sortir de la tête. C'est comme si le fait de l'avoir regardée dans les yeux avait imprégné son image en moi. Je rêve parfois d'elle et tout ce que je vois, c'est son visage ! Tu te souviens ?

– Oui, très bien ! Elle était très gentille, douce et avait un joli sourire.

– Bonne description ! C'est quand même étrange d'avoir des serpents en guise de cheveux, non ?

– Si tu veux connaître le fond de ma pensée, un garçon qui se transforme en ours, ce n'est pas non plus quelque chose de très commun!

– Ouais! lança Béorf en bâillant. Je suppose que tous les êtres ont en eux un petit quelque chose de spécial qui les distingue des autres… Oh! regarde, Amos, une étoile filante!

– Fais un vœu, mon ami!

– Je souhaite revoir Médousa…, dit spontanément le jeune béorite.

Dans la lumière de la lune, le silence prit place entre les deux garçons.

# 12

# Perdus en mer

Au petit matin, c'est Goy qui réveilla l'équipage. Il était complètement paniqué :

— Les hippocampes ! Nos chevaux marins ont disparu !

— De quoi parles-tu, Goy ? demanda Banry en ouvrant difficilement les yeux.

— Je ne pouvais pas dormir, alors je me suis dit que j'allais essayer de rétablir l'équilibre dans l'attelage de chevaux marins. Je suis descendu avec une échelle de corde pour m'apercevoir que nous n'avions plus d'hippocampes. Plus un seul !

— Nous voilà dans de beaux draps ! maugréa Rutha qui avait entendu.

Banry alla constater par lui-même les dires de Goy. Effectivement, les hippocampes s'étaient détachés de leurs attelages et avaient pris le large. Sans eux, privé d'un moyen de propulsion, le navire n'était plus qu'une simple coquille flottante. Que faire maintenant?

Même si Amos possédait des pouvoirs sur l'eau, l'air et le feu, ceux-ci ne pouvaient pas lui servir à grand-chose dans le cas présent. Il n'était pas encore assez puissant pour générer des rafales capables de déplacer le bateau.

Le garçon essaya d'appeler de nouveau les Kelpies. Malheureusement, cette fois, son message ne fut pas relayé et demeura sans réponse.

— Nous sommes bloqués ici! constata Banry avec un certain désespoir dans la voix.

— Qu'allons-nous faire? demanda nerveusement Hulot. Les provisions diminuent et nous manquerons bientôt d'eau potable.

— Je ne sais pas! avoua Banry en baissant la tête. Quelqu'un a une idée? Amos, ta magie peut-elle faire quelque chose pour nous?

— Je ne pense pas, répondit le porteur de masques. Je réléchis mais j'ignore comment nous sortir de là. Mes pouvoirs sont encore limités. J'ai essayé d'extraire le sel de l'eau de la mer afin que nous puissions la boire, mais je n'y arrive pas! Si je possédais les autres pierres de puissance du masque de l'eau, j'y arriverais certainement.

– Si je comprends bien, lança Hulot, un peu paniqué, nous sommes condamnés à rester sur ce bateau en attendant un miracle !

– Je crois qu'il se produira sûrement quelque chose de positif, assura Banry. Nous avons connu pire, non ? Depuis que nous sommes partis, nous avons rencontré une sorcière, des hordes d'araignées et des serpents de mer. Tout ça en plus de l'Homme gris et de l'incendie de notre drakkar ! Nous avons perdu nos amis et maintenant, nous voilà prisonniers de ce navire, en pleine mer. Nous ne pouvons fuir ni d'un côté ni de l'autre. Économisons notre énergie, notre salive, et protégeons-nous du soleil. Voilà ce que je conseille…

– Installons-nous dans la cale, proposa Rutha en prenant ses affaires. Nous y serons à l'ombre.

– J'aimerais bien vous annoncer qu'il y a une île près d'ici, ajouta Kasso, mais je n'ai pas de carte de cet océan.

– C'est bête, soupira Goy, j'aimais bien conduire ce bateau… Et maintenant, nous sommes confinés ici !

L'équipage s'installa dans la cale et l'attente commença. Toutes les heures, Banry montait sur le pont pour scruter l'horizon. Il cherchait une île, un grand récif ou une terre hospitalière. Rien. D'heure en heure, il n'y avait rien à portée de vue.

* * *

Une semaine passa sans que la situation ne s'améliore. En regardant les étoiles, Kasso remarqua que le bateau n'avait pas bougé d'un poil. Dans un océan, il y a normalement des courants marins qui déplacent les navires. Les vagues et le vent font dériver tous les objets flottants, les petits aussi bien que les gros. Mais le navire des Kelpies demeurait immobile. On aurait dit qu'une immense ancre le retenait prisonnier. Pourtant, Goy et Banry avaient plongé pour vérifier si quelque chose empêchait le navire d'avancer et ils n'avaient rien trouvé.

– Il semble que les dieux soient contre nous ! déclara Banry.

– Nous sommes les jouets d'un dieu qui désire notre mort, continua Kasso. Il n'y a pas de solution… Ce navire sera notre tombeau !

– Je savais que je devais rester à Upsgran, marmonna Hulot. Jamais je ne reverrai mon potager et mes fleurs. Il sera inscrit dans les grandes légendes de ce monde que Hulot Hulson, l'homme qui tua le dragon de Ramusberget d'un seul coup d'épée, disparut misérablement en mer.

– Nous sommes les victimes d'une machination de Loki et, à moins de pouvoir voler, soupira Rutha la Valkyrie, nous sommes morts.

– À moins de pouvoir voler! s'écria Amos. Mais oui, pourquoi n'ai-je pas pensé à cela avant?

Le garçon se précipita sur le coffre de la sorcière et l'ouvrit:

– Bon. Je tente de vous expliquer mon idée au meilleur de mes connaissances. Premièrement, dans ce coffre, il y a une foule de potions et de poudres, d'huiles et d'étranges mixtures. Évidemment, je ne sais pas comment les fabriquer mais, avec l'aide du grimoire, je peux sans doute les utiliser. On en a la preuve avec le dragon que j'ai rapetissé et qui est toujours dans son bocal. Dans ce grimoire, il y a la formule avec laquelle Baya Gaya s'est transformée en corbeau.

– Jusque-là, dit Banry, nous te suivons... Continue!

– Cette fiole, poursuivit Amos, semble contenir l'élixir de transformation. Il en reste deux gorgées. Je propose de réduire le coffre de la sorcière. Ensuite, Béorf et moi, nous nous transformons en corbeaux. Vous attachez le coffre-pendentif autour de mon cou et nous partons dans les airs à la recherche de l'île de

149

Freyja. Une fois là-bas, nous trouvons du secours et nous revenons. C'est la seule solution!

– Il vaut mieux tenter cela que mourir de faim et de soif sur ce navire, répondit Banry.

– Peut-être mourrons-nous quand même, ajouta Rutha, mais nous quitterons la vie avec un espoir dans le cœur. Les véritables guerriers se nourrissent d'espoir et non de résignation.

Hulot et les frères Azulson donnèrent leur approbation.

– Dans ce cas, ne perdons pas de temps! lança Amos en ouvrant le grimoire. Bon, je commence par toi, Béorf. Prends cette fiole et bois-en une gorgée... pas plus! Ah oui, mets le dragon dans le coffre, nous allons l'emmener avec nous, puisqu'il est sous notre responsabilité. Nous y placerons également nos effets personnels.

Béorf s'approcha et saisit la fiole. Il la porta à son nez et fit une grimace de dégoût.

– C'est vraiment horrible, cette odeur! On dirait de la crotte de mouton mélangée avec des œufs pourris!

– Avale, Béorf, ordonna gentiment le porteur de masques, c'est notre seule solution.

– Oui, oui..., acquiesça le gros garçon en se pinçant le nez. Ne t'inquiète pas, je n'en boirai pas plus qu'une gorgée!

Béorf s'exécuta, puis secoua violemment la tête en poussant une exclamation de dégoût. Amos plongea dans le grimoire et dit d'une voix forte et claire :

– Vaslimas mas corbeau, mas mas koite, valimas y jul !

Le gros garçon eut quelques spasmes, s'écroula par terre, puis se métamorphosa aussitôt en corbeau. L'oiseau avait des pattes poilues et de la fourrure d'ours partout sur le corps. Seules ses ailes avaient des plumes. Amos attribua cet étrange phénomène au fait que son ami était un béorite et que la mixture n'avait pas été créée pour sa race. Il apprit quelques formules par cœur, puis il rangea le grimoire dans le coffre. Le garçon lança ensuite une poudre blanche sur l'objet en disant :

– Aton na bar ouf, oug ignakar kilk !

Le coffre prit immédiatement la taille d'un petit pendentif. Amos but rapidement la dernière gorgée de la petite fiole et prononça encore ces mots :

– Vaslimas mas corbeau, mas mas koite, valimas y jul !

Dans de vives douleurs, son corps se métamorphosa bien vite en oiseau. Le garçon eut l'impression que tous ses os se brisaient en mille miettes. Une chaleur insupportable, comme une brûlure vive, l'envahit lorsqu'il sentit son nez se transformer en bec et son crâne se remodeler. Les béorites attachèrent le pendentif autour du cou d'Amos et amenèrent les deux amis à plumes sur le pont du navire. Goy tenait Amos dans ses mains tandis que Banry portait Béorf. Le gros garçon croassait de panique. Il essayait de dire aux autres béorites :

– Ne me lancez pas dans les airs ! Je ne sais pas comment voler ! Je dois m'habituer à mes ailes… Ne me lancez pas !

Seul Amos le comprenait. Il lui répondit :

– Ouvre tes ailes, Béorf, et tout ira bien !

– Tout ira bien ?! s'énerva le gros garçon. Toi, tu as des plumes ; et moi, j'ai des poils ! En connais-tu beaucoup, des animaux poilus qui volent ?

– Tes ailes sont faites de plumes ! dit Amos en essayant de rassurer son ami. Il faut battre des bras… je veux dire : des ailes !

Solennellement, les béorites s'avancèrent à l'avant du bateau et, dans un geste théâtral, ils libérèrent les oiseaux en les lançant par-dessus bord. Amos étira ses ailes et commença à les agiter vigoureusement. Il sentit l'air le porter et comprit qu'il n'avait pas besoin de se fatiguer beaucoup pour se maintenir dans le vent. Tout était une question d'équilibre.

Béorf, quant à lui, ouvrit aussi les ailes et plana sur quelques mètres avant de piquer tête première dans la mer. Il dut redoubler d'efforts pour tenter de se sortir de sa mauvaise posture. En battant des ailes avec vigueur, il parvint, tant bien que mal, à s'extirper de l'eau. Sur le bateau, les béorites lui lançaient des mots d'encouragement. Ils applaudirent vivement lorsque le corbeau poilu décolla enfin de la surface de l'eau pour monter lentement vers le ciel. Amos plana et descendit rejoindre son ami.

– Ça va, Béorf? croassa le porteur de masques.

– Ouais! L'eau est bonne!

– Avais-tu oublié que nous étions des oiseaux et non pas des poissons? lança Amos sur un ton moqueur.

– Très drôle! répliqua Béorf, un peu froissé. Vraiment très drôle!

– Allez, Béorf, montons plus haut pour voir si nous ne pouvons pas apercevoir une île quelconque.

– Passe devant, je te suis!

Les deux corbeaux se rendirent jusqu'aux nuages.

– Regarde! s'écria Béorf. Je vois quelque chose, là-bas!

– Où? demanda Amos en regardant vers le sol.

– Non, pas dans la mer! Là, devant!

– AH NON!

– Qu'est-ce que c'est? demanda Béorf qui distinguait mal la forme de l'animal volant. Il fonce vers nous! Pas vrai?

– Décidément, quelqu'un nous veut vraiment du mal! Ce qui vient vers nous, cher Béorf, c'est un griffon.

– Un griffon?

– Oui. Je me souviens d'avoir lu dans *Al-Qatrum, les territoires de l'ombre*, une description de cette bête. L'arrière de son corps est semblable à celui du lion. Il a une grande queue et des pattes postérieures aux griffes longues et pointues tandis qu'à l'avant, il possède le corps, la tête, les serres et les ailes d'un aigle. Apparemment, il est d'une force prodigieuse et peut soulever de terre un cheval. Il vit dans les montagnes, les grottes ou les falaises.

– Ce qui veut dire que la terre n'est pas loin!

– Il faut d'abord nous débarrasser de lui, répliqua Amos, parce qu'il se dirige manifestement vers nous, et je crois qu'il a décidé de nous gober pour son petit-déjeuner…

– C'est bizarre, j'avais entendu dire que les griffons étaient de gentils animaux, dit Béorf en volant à toute allure.

– Des balivernes et des contes pour enfants. Enfin, tu pourras bientôt constater par toi-même son gentil caractère et ses bonnes manières. ATTENTION! LE VOILÀ!

Le griffon poussa un cri perçant qui fit frissonner les garçons. Il était un peu plus gros qu'un cheval et volait avec l'agilité des oiseaux de proie. Ses plumes bleu foncé sur la nuque, noires dans le dos, rouges sur la poitrine et ses très grandes ailes blanches lui conféraient une prestance hors du commun. Il avait également de longues oreilles rigides et pointues rappelant celles de l'âne ou du lapin. Un épais pelage doré couvrait l'arrière de son corps.

— Béorf! lança Amos, tu me demandais si je connaissais un animal poilu capable de voler, eh bien, en voici un... Tu veux que je te le présente?

— Non merci, hurla Béorf. C'est très gentil de ta part, mais je n'ai pas besoin d'un ami comme lui!

Le griffon passa juste au-dessus de Béorf en essayant de l'attraper avec son bec. Le béorite eut la présence d'esprit de plonger vers la mer. Il évita ainsi une attaque mortelle!

Poursuivant son chemin, la bête ouvrit ses serres et captura Amos de sa patte droite. Le garçon sentit une énorme pression qui lui coupa le souffle. Béorf, témoin de la scène, fonça sur le griffon et lui planta son bec derrière la tête. Cette riposte eut pour effet d'irriter le monstre qui, d'un seul mouvement, tourna sur lui-même et le saisit de l'autre patte. Béorf était maintenant, lui aussi, prisonnier des serres de l'animal.

– Qu'est-ce qu'on fait ? croassa le gros garçon en regardant Amos.

– Je… je l'ignore…, répondit avec difficulté le porteur de masques qui s'étouffait. Je… je pense qu'il nous amène à sa tanière pour nous dé… nous dévorer !

– Tu as un plan ?

– Je réfléchis… Je ne fais que ça…

# 13

# La tanière du griffon

Prisonniers des serres du griffon, Amos et Béorf se laissèrent porter un bon moment avant de voir apparaître une petite île au loin. Ce bout de terre, flottant comme un bouchon sur l'océan, était formé de falaises escarpées et roussâtres. C'était un véritable paradis pour les oiseaux. Il y en avait des milliers qui volaient çà et là, pêchaient dans la mer et nichaient à même la paroi rocheuse.

Le plateau de l'île était couvert de longues herbes d'un vert éclatant. Amos aperçut, au milieu, une douzaine de menhirs formant un cercle. Des dizaines de chevaux sauvages galopaient autour en totale liberté.

« Ce doit être là…, pensa Amos. Nous arrivons sûrement sur l'île de Freyja. Ce griffon est sans doute le gardien des lieux. Il a un troupeau de chevaux pour se nourrir, des milliers d'oiseaux pour lui tenir compagnie et un endroit idéal pour surveiller l'horizon et voir venir les étrangers ! »

À l'arrivée du griffon et de ses prisonniers, tous les oiseaux déguerpirent pour lui laisser le chemin libre. La bête frôla la falaise et s'engouffra dans un grand trou. C'était sa grotte, son repaire !

La bête lança nonchalamment les deux corbeaux dans le fond de son antre en se léchant les babines. Amos et Béorf atterrirent tête première sur un lit d'ossements de chevaux.

— Un plan, lança Béorf, il nous faut vite un plan !

— Commençons par le surprendre ! suggéra Amos qui débita deux fois d'affilée une formule incompréhensible du grimoire de la sorcière.

D'un coup, le griffon vit se transformer ses proies en deux jeunes garçons. Inquiet et surpris, il eut un mouvement de recul. Puis il hurla agressivement et se plaça en position de combat.

— Bravo, Amos ! complimenta Béorf, déjà prêt pour le combat. On attaque ?

— Non, répondit le porteur de masques. Je pensais plutôt offrir un peu d'exercice à un jeune dragon ! Prépare-toi à casser le bocal !

Amos retira son pendentif et prononça encore une formule. Le coffre reprit sa taille normale. Béorf l'ouvrit rapidement, saisit le pot de verre renfermant le dragon et le jeta par terre. Le contenant se fracassa tandis que le porteur de masques répétait encore une fois la même formule.

Le griffon eut alors la surprise de voir, juste sous son nez, un petit dragon agressif prendre forme.

Les deux bêtes se toisèrent férocement. Malgré sa taille beaucoup plus imposante, le griffon doutait sérieusement de ses chances de remporter le combat. Un dragon, même naissant, possède une force et une rage hors du commun. Il ne connaît pas la peur et a déjà en lui l'instinct du tueur.

Ce fut d'ailleurs le dragon qui attaqua le premier. D'un bond, il se lança sur son adversaire et le mordit vigoureusement à l'épaule. Du sang rouge bourgogne jaillit de la plaie du griffon. En se servant de ses pattes arrière de lion, celui-ci riposta et déchira en plein ventre la cuirasse d'écailles du jeune dragon.

L'Ancien poussa un cri de rage et saisit le griffon à la gorge. Les serres du monstre ailé s'enfoncèrent dans la plaie de la bête de feu en cherchant à atteindre son cœur.

Amos et Béorf regardaient le spectacle sans bouger. Ils avaient le dos collé à la paroi de la grotte, les pieds sur un lit d'ossements de chevaux, attendant la suite des événements. Le jeune porteur de masques aurait pu intervenir avec sa magie, mais en faveur de qui ? Il semblait évident que le gagnant de ce combat allait ensuite se retourner contre Béorf et lui. La solution la plus sage était encore de patienter. Il ne lui restait de toute façon plus de poudre pour rétrécir quoi que ce soit. Il lui faudrait trouver une autre solution pour se débarrasser du vainqueur.

Les deux combattants échangèrent encore plusieurs coups de griffes et s'infligèrent de nombreuses morsures.

– Ils s'entretuent ! s'exclama Béorf. C'est terrible !

– Je ne sais pas comment ça va se terminer…, répondit Amos. Si nous devons nous battre, ma magie est prête ! Tu attendras mon signal avant de foncer… D'accord ?

– Promis, acquiesça Béorf. Je n'ai pas envie de me faire griller par tes boules de feu…

Les adversaires commençaient à se fatiguer. Ils saignaient abondamment et la victoire ne semblait assurée ni d'un côté ni de l'autre. Les bêtes se frappaient, se mordaient et se griffaient avec violence. Des cris de rage

160

et des grognements sauvages envahissaient la grotte.

Tout à coup, le petit dragon, dans un ultime effort, assomma carrément son rival et lui transperça le flanc avec sa queue pointue. Le monstre à la tête d'aigle tituba, puis s'affaissa par terre. Son poumon avait été atteint.

Allongé sur le sol, le griffon râlait en toussotant, puis il ferma les yeux et mourut dans une longue plainte déchirante.

Affreusement blessée, la bête de feu ne remarqua même pas les garçons et se coucha en boule sur les ossements. Elle lécha ses plaies avec précaution et tomba dans un sommeil comateux. Elle avait son compte!

– Que faisons-nous maintenant? murmura Béorf afin de ne pas réveiller la bête.

– Allons près de l'entrée, suggéra Amos en faisant signe à son ami de faire le moins de bruit possible.

Le dragon se mit à ronfler. En vérité, les deux garçons auraient pu lui lancer des pierres, parler à voix haute ou encore chanter à tue-tête, la bête n'aurait pas bougé. Elle chevauchait la mince ligne entre la vie et la mort. Ses blessures étaient profondes et sa constitution ne lui permettait pas encore de traverser toutes les étapes d'une éventuelle guérison. Sa vie fuyait comme un ruisseau printanier qui se tarit avec la venue de l'été.

Béorf et Amos, sur le seuil de la grotte, évaluaient la situation. Ils étaient bien dans une caverne taillée en plein centre de la falaise. Cent mètres les séparaient de la mer, en bas. En haut, ils avaient une soixantaine de mètres à escalader avant d'atteindre l'herbe verte du plateau.

– C'est maintenant qu'il nous faudrait être des oiseaux ! s'écria Béorf. Tu n'as plus de potion dégoûtante dans la fiole ?

– Je me doutais bien que tu y prendrais goût ! répondit Amos en rigolant. Je pense que nous n'avons pas le choix. Nous sautons ou nous grimpons !

– J'opte pour la deuxième solution, décréta Béorf en se frottant les mains. Mes griffes me seront sûrement d'une aide précieuse.

Le béorite enleva ses chaussures, attacha ensemble les lacets et se les passa autour du cou. Il transforma ses pieds et ses mains en pattes d'ours et se lança à l'assaut de la paroi. En s'agrippant solidement à la pierre, il dit à Amos :

– Suis-moi comme mon ombre ! Tu dois mettre tes pieds et tes mains aux mêmes endroits que moi. Je trouverai un chemin aisé pour faciliter ton escalade. Si, par malheur, tu perdais l'équilibre, accroche-toi à ma jambe. Avec mes griffes bien agrippées au rocher, je t'assure que tu ne m'entraîneras pas dans ta chute.

– Cette fois, c'est toi qui commandes ! Soyons prudents.

Au début, l'escalade de la paroi rocheuse fut assez facile. Béorf choisissait les cavités les plus profondes et les passages les plus accessibles. Les garçons grimpaient à la vitesse d'un escargot, de façon sécuritaire. L'hommanimal s'agrippait fermement à la roche, s'assurant toujours de la solidité de sa prise.

Amos suivait son compagnon avec difficulté. Il s'efforçait de se concentrer sur ce qu'il faisait et de ne pas regarder en bas, mais c'était plus fort que lui ! Après chacun de ses mouvements, il voyait les vagues se fracasser sur les rochers, et le spectacle l'étourdissait. Moins forts que ceux de Béorf, ses bras et ses jambes se fatiguaient vite. Amos comprit qu'il ne verrait jamais le haut de cette falaise.

– Je ne peux plus monter, Béorf ! s'écria-t-il. Mes mains tremblent et j'ai les chevilles en compote. Nous avons à peine fait dix mètres et je ne suis plus capable de suivre. Je descends ! Je trouverai une autre solution.

– NON ! ordonna Béorf. Cette paroi est très dangereuse à grimper, mais elle sera mortelle pour toi si tu la descends. Ta main ou ton pied glissera sur un mauvais appui et tu iras te fracasser la tête en bas.

— Alors, je suis dans de beaux draps! soupira Amos. C'est ton tour de me proposer un plan!

— Accroche-toi à ma jambe et grimpe sur mon dos. Je me sens assez solide pour te porter!

— Mais tu es complètement fou! Tu ne seras jamais capable de nous monter tous les deux.

— Ne sous-estime pas la force d'un béorite, Amos, lança le gros garçon, confiant. Allez! Monte!

Amos saisit avec peine la jambe de son ami et monta sur son dos. Le vent étant très fort, cette périlleuse manœuvre faillit bien ne pas réussir. Avec ce surplus de poids sur les épaules, Béorf se mit à suer à grosses gouttes. Il se rappela alors une histoire de maître Sartigan qui disait que deux véritables amis sont liés l'un à l'autre, qu'ils partagent souvent la même destinée:

«Un jour, avait-il dit, une grenouille qui se sentait bien seule rencontra une très sympathique souris. Elles discutèrent longuement, puis décidèrent de se revoir le lendemain. Elles se rencontrèrent encore le surlendemain et, bien vite, tous les jours. Comme elles étaient maintenant de bonnes amies, la grenouille suggéra qu'elles ne se séparent plus. Elle tendit une corde à la souris en lui demandant de bien vouloir l'attacher à sa patte. La grenouille se proposait de faire de même. De cette façon, les deux amies vivraient l'une près de l'autre sans jamais se quitter. La souris accepta.

« Du ciel, une corneille affamée aperçut l'alléchante grenouille et la saisit, en plein vol, dans son bec. La souris, prisonnière de la corde, s'envola aussi et les deux amies finirent leur vie dans le ventre de la corneille. Il faut toujours savoir, avait dit Sartigan en terminant l'histoire, jusqu'où nous sommes prêts à partager le destin de nos amis et à quel moment il est sage de couper la corde de l'amitié. »

Béorf mettait sa vie en danger pour sauver son ami. Se souvenant de l'histoire de Sartigan, il se posa alors cette question : « Suis-je prêt à mourir ici avec Amos ? » Sans hésitation, la réponse fut : « Oui. » Les liens qui unissaient maintenant les deux garçons étaient plus solides que la mort elle-même.

Béorf serra les dents et poursuivit l'escalade. Avec force et vigueur, il gravit rapidement quelques mètres, puis s'arrêta pour souffler un peu. Amos lui demanda alors :

– Sartigan t'a-t-il raconté l'histoire de la souris et de la grenouille ?

– Oui… oui, je la… je la connais, répondit Béorf, essoufflé. Pourquoi me demandes-tu cela?

– Si je te sens incapable de poursuivre, je me jette en bas! avoua très sérieusement Amos. Je refuse de faire comme la grenouille et de t'entraîner dans la mort avec moi.

– Je comprends… répondit gravement Béorf. Mais laisse-moi… te prouver que… moi aussi… je peux te sauver la vie! Tu m'as libéré… de cette cage à Bratel-la-Grande… Je t'en dois une!... Accroche-toi, on monte!

Béorf alla puiser au fond de lui l'énergie nécessaire et escalada la paroi avec force et précision. Ses pieds suivaient ses mains dans un rythme parfait. Il contrôlait bien sa respiration, son corps et ses émotions. Plus de doute, il allait réussir.

Les deux garçons arrivèrent sains et saufs dans les longues herbes vertes du haut de la falaise. À bout de force et de souffle, Béorf se coucha sur le dos. Son cœur battait à une vitesse folle. Il sentait ses bras et ses jambes mous comme des chiffons. En regardant les nuages passer devant ses yeux, il lança avec un sourire:

– Tu es vraiment lourd, Amos, tu devrais peut-être te mettre au régime!

– C'est ça! répondit le garçon dans un éclat de rire. Tu devrais peut-être ménager ta salive et te reposer… pour une fois que tu le mérites!

– Si je n'étais pas aussi fatigué, le menaça gentiment le gros garçon, je te donnerais une solide correction pour ce que tu viens de dire!

– Que vous êtes agressifs, vous, les béorites! se moqua Amos. De vraies bêtes!

Les garçons se mirent alors à rire de bon cœur et s'accordèrent un long moment de répit.

# 14

# Le dernier voyage

De leur bateau, Banry, Rutha, Hulot et les frères Azulson avaient vu s'envoler les deux corbeaux. Ils les avaient regardés monter au ciel et les avaient vus disparaître dans les nuages.

Plus tard, comme ils retournaient prendre place dans la cale, ils aperçurent un loup blanc assis calmement à la proue du navire. Leur tournant le dos, la bête fixait l'horizon. Surpris, les membres de l'équipage saisirent épées et haches de guerre. Le loup blanc leur fit face et, de sa voix mélodieuse et profonde, leur dit :

— Rangez cela… Vos armes ne servent à rien contre moi, je suis immortel.

— Un loup qui parle ?! s'exclama Hulot, surpris. Elle est bonne, celle-là !

– Quoi? Les loups ne parlent pas? C'est bien la première fois que j'entends cela! se moqua l'animal. Tu es aussi bête que tu en as l'air. On voit que ton estomac est beaucoup plus développé que ton cerveau…

– Qui es-tu? demanda brusquement Banry en avançant d'un pas.

– Hum… Je reconnais bien Banry, le guerrier sans peur et sans reproche! déclara le loup. Le chef qui s'avance pour protéger les siens! Quelle belle leçon d'altruisme et de dévouement!

– Tu ne réponds pas à ma question, insista Banry. QUI ES-TU?

– Je suis l'avatar du dieu Loki, révéla l'animal en exécutant une brève révérence.

– Le quoi de qui? fit Goy en se grattant la tête.

– Pour être plus clair, reprit la bête, je suis le messager du dieu Loki. Je suis son envoyé ou, si vous préférez, sa représentation sur terre. Est-ce plus clair, cher Goy? Si tu le désires, je peux tout te répéter en utilisant des mots de moins de trois syllabes! Loki est un dieu, un très grand dieu et il parle à travers moi…

– Et que nous veut Loki? lança Banry. Que désire le plus vil et le moins sage des dieux? Que nous vaut l'honneur de ta misérable visite? Tu viens semer la discorde? Tu recrutes des fidèles ? Parle avant que ma main de mortel ne saisisse ton cou d'immortel et ne te transforme en botte de poils !

– On reconnaît bien en toi un fils d'Odin ! s'écria l'avatar avec un demi-sourire. Je suis venu vous proposer un marché. Je vous libère de votre mauvaise posture, vous retournez chez vous et nous oublions toute cette aventure ! En contrepartie, je pars avec votre parole que plus jamais vous ne tenterez d'atteindre l'île de Freyja ! Ça vous va ?

Surpris, les béorites se regardèrent les uns les autres. Le loup venait de confirmer tous leurs doutes. Tous les problèmes qu'ils avaient eus étaient bel et bien l'œuvre de Loki. Tout s'expliquait presque trop clairement ! La sorcière, le drakkar en feu, les serpents de mer et leur emprisonnement au milieu de l'océan. Le dieu Loki était derrière tout cela !

– Et pourquoi devrions-nous accepter ta proposition ? demanda Rutha, méfiante.

– Pour vivre, répondit calmement le loup. C'est votre unique chance de survivre à cette aventure. Si vous acceptez, vous revoyez votre village, vos familles et vous reprenez votre vie d'avant. Si vous refusez, je coule ce bateau ! Je sais que les béorites sont de bons nageurs, mais vous êtes trop loin de la côte pour pouvoir l'atteindre ! Vous avez grandement surpris Loki en éliminant ses trois serpents de mer.

– Nous sommes les fils d'Odin! clama Goy.

– Et nous ne craignons aucun danger et aucun adversaire! enchaîna Kasso.

Le loup entreprit alors une petite promenade autour du groupe.

– Le problème avec vous, les béorites… c'est que votre courage vous aveugle. Votre race s'éteindra bientôt, c'est inévitable! Vous êtes trop stupides pour survivre…

– Tu peux nous tuer si cela te chante, répliqua fièrement Banry, mais notre race a encore une chance de survie.

– Tu parles sûrement d'Amos Daragon et de son indéfectible compagnon, Béorf Bromanson? lança l'avatar en ricanant.

Un lourd silence tomba sur le navire.

– À l'heure où je te parle, ils sont morts…, poursuivit le loup. J'ignore comment, par quelle magie ou avec quelle potion ils ont réussi à se transformer en corbeaux, mais mon maître Loki les a découverts. Ils se sont fait dévorer directement sur l'île de Freyja, à quelques pas du but. Dommage, n'est-ce pas? C'est le gardien du sanctuaire de la déesse, un féroce griffon, qui s'est chargé de les dépecer. Il n'y a donc plus d'espoir pour la race des béorites et pour cet équipage non plus. Il ne faut jamais jouer dans la cour des dieux, ce sont des choses qui vous dépassent, petits mortels! Alors, ma proposition vous intéresse?

– Tu mens! cria Banry. Amos est plus intelligent que Loki, et Béorf a le courage des Bromanson. Il est un descendant direct du premier des hommes-ours créé par Odin. Son sang est pur et son nom est grand; ils n'ont pas échoué.

– Je vous propose encore une fois de vous secourir…, insista le loup.

– FERME TA SALE GUEULE ET COULE LE BATEAU! hurla Hulot Hulson. Toute ma vie, j'ai eu peur de souffrir, peur de mourir et peur de l'aventure. Moi, je ne suis pas de sang pur! Et pourtant, c'est aujourd'hui que je découvre de quoi est faite mon âme. Je suis un béorite et LES BÉORITES NE RECULENT PAS! LES BÉORITES NE S'ACHÈTENT PAS ET LES BÉORITES NE RESPECTENT PAS CEUX QUI LES MÉPRISENT. Nous avons combattu ensemble et nous mourrons ensemble.

– Je pense que tu as ta réponse…, dit Banry d'une voix calme. Nous ne retournerons pas chez nous la tête basse. Nous ne vivrons pas avec l'échec et les remords. Nous avons entrepris ce voyage pour une seule et simple raison: nous voulions parler à Freyja, reine sur la terre et dans les cieux, pour qu'elle lève la malédiction qui pèse sur notre race. Nous voulions simplement plaider notre cause et attirer sur nous sa grâce. Nous avons triomphé de chacune des épreuves et nous n'avons pas peur… même de la mort !

— Tout aurait été si simple si vous étiez sagement restés chez vous…, laissa tomber l'avatar.

— Hulot t'a ordonné de te taire, continua Banry. Nous ne voulons plus entendre un seul mot de ta sale gueule, car nous désirons mourir les oreilles propres. Fais ce que tu as à faire et fous le camp !

Tous en même temps, les membres de l'équipage se placèrent la main droite sur le cœur. D'une seule et même voix, ils récitèrent ces phrases :

*Merci, Odin, pour mon malheur et mon bonheur*

*Merci pour la sueur et les fruits de mon travail*

*Merci pour mes vaillants ennemis et pour mes fidèles compagnons*

*C'est aujourd'hui que je viens te rejoindre*

*Fais-moi une place à ta table*

*Nous dînerons ensemble ce soir !*

Puis les béorites formèrent un cercle sur le pont et se remercièrent les uns les autres de leur amitié et de leur fidélité. Ensemble, ils levèrent les bras au ciel et poussèrent un cri de guerre à faire trembler la mer et les cieux. C'était leur façon à eux d'avertir Odin de leur arrivée à Asgard.

Le loup disparut et le navire coula à pic en emportant avec lui l'équipage des béorites dans les profondeurs de l'océan.

# 15

# Le retour de la reine

Les habitants d'Upsgran n'en croyaient pas leurs yeux. Une délégation d'environ quarante hommes à la peau noire venait d'arriver sur la place centrale du village. Ils arboraient de superbes maquillages de guerre aux couleurs éclatantes, portaient une multitude de bijoux dorés, de pierres précieuses et avaient même dans certains cas des ossements d'animaux dans le nez et accrochés aux oreilles. Ils avaient des vêtements faits de peaux de bêtes exotiques, de plumes et d'élytres d'insectes. Ils avaient le crâne rasé, et leurs dents étaient taillées en pointe.

Une fille à la peau noire émergea du groupe. Elle avait les cheveux remontés en un gigantesque chignon. Habillée d'un grand voile bourgogne enroulé sur elle comme une robe indienne, elle portait une quantité impressionnante de bijoux colorés : colliers, bagues et amulettes de toutes les tailles. Sur une fillette d'à peine onze ans, cette tenue semblait un peu extravagante.

Elle salua poliment l'assemblée et dit, sans accent, en langue nordique :

— Bonjour, je me nomme Lolya et je suis à la recherche de deux amis. Il s'agit d'Amos Daragon et de Béorf Bromanson. Seraient-ils passés par ici ? Je vous en prie, renseignez-moi, c'est très urgent…

— Euh… bien, euh…, balbutia la grosse tenancière de la taverne. Nous les connaissons très bien. Ils vivent ici depuis quelques mois, mais ils sont partis en mer depuis des semaines et nous ignorons quand ils seront de retour.

— Vraiment ? Vous ne savez pas du tout quand ils vont revenir ? demanda la fillette, émue.

— Non, reprit la femme. Ils sont partis pour l'île de Freyja afin de régler… Disons qu'ils sont partis pour une affaire très importante qui pourrait sauver notre village. Mais… mais que leur voulez-vous ?

— Je viens me joindre à eux, lança Lolya. Il y a quelque temps de cela, nous avons vécu tous les trois une étrange aventure dans laquelle

Amos m'a sauvé la vie. Je suis retournée dans mon lointain pays avec la certitude que tout était terminé. Je suis la reine du peuple des Dogons et je croyais que ma vie se déroulerait paisiblement au service de mes gens. J'ai cru que je retournais chez moi, dans mon pays, avec les miens, pour diriger fidèlement les Dogons jusqu'à ma mort…

– Et que s'est-il passé? demanda, dans la foule, un vieux béorite qui aimait bien les histoires.

– J'ai commencé à avoir des visions, continua Lolya. Des rêves où je me voyais toute desséchée et momifiée vivante! Mon peuple me mettait à mort en m'insultant, en m'accusant de ne pas avoir suivi mon cœur. J'ai compris que ma voie n'était pas avec les Dogons, ma voie est d'aider Amos Daragon dans sa tâche. Je dispose d'un talent, d'un savoir qui doit être mis au service d'Amos. Et puis, il y a eu ce message…

La patronne de la taverne s'avança et coupa la parole à Lolya:

– Si vous voulez, allons tous à la taverne! Nous entendrons le reste de l'histoire là-bas et nous pourrons manger et boire. Qu'en penses-tu, jeune Yoya?

– Lolya, corrigea la fillette. Je suis d'accord mais, d'abord, je dois congédier mon escorte.

La jeune reine prononça quelques mots et la troupe des Dogons tourna les talons. Les gardes déposèrent par terre les effets personnels de Lolya et quittèrent le village pour disparaître dans la forêt.

— Ils auraient pu rester…, dit la matrone, un peu déçue. Eux aussi étaient invités !

— C'est mieux ainsi, répondit Lolya. J'ai refusé de continuer mon règne chez les Dogons et j'ai laissé tous mes pouvoirs et privilèges à ma jeune sœur. Notre royaume doit se reconstruire et ces hommes sont les plus valeureux guerriers de mon peuple. Ils sont impatients de retourner chez eux pour reprendre leurs fonctions et assurer la protection de ma sœur, la nouvelle reine. Ils voulaient partir le plus tôt possible. J'ai acquiescé à leur demande…

Tout le village s'entassa dans la taverne. Depuis quelque temps, il y avait de l'action à Upsgran et les habitants commençaient à y prendre goût.

Lolya poursuivit son histoire :

— Je vous disais donc qu'il y avait eu un message…

— C'est cela, fit la patronne de la taverne en salivant, un mystérieux message…

— En rêve, j'ai vu Frilla, la mère d'Amos.

Un lourd silence tomba sur l'assistance. Les mouches s'arrêtèrent même de voler.

Après un moment, la grosse femme demanda :

– Tu sais que sa mère a été enlevée par les Bonnets-Rouges qui sont une race de gobelins vicieux et très agressifs ? Ils l'auraient même vendue comme esclave !

– Oui, c'est ce qu'elle a dit dans mon rêve. Elle m'a aussi révélé l'endroit où elle était emprisonnée. Ce lieu s'appelle la tour d'El-Bab. Elle travaille comme esclave à l'érection de la plus grande tour du monde. Elle m'a aussi parlé d'un homme appelé Sartigan.

– Sartigan ! s'exclama en chœur l'assistance.

– Nous le connaissons, dit la matrone, c'est lui qui sert de maître à Béorf et à Amos. C'est un drôle de type, toujours vêtu d'une espèce de robe orange et affublé d'une barbe vraiment trop longue. Il l'enroule autour de son cou comme un foulard...

– Eh bien, révéla Lolya, il est maintenant prisonnier et il travaille, lui aussi, comme esclave. Dans le rêve, Frilla m'a expliqué que Sartigan était parti à sa recherche. Comme Amos avait décidé de se rendre à l'île de Freyja, il n'a pas voulu lui en parler pour ne pas lui donner de faux espoirs ou distraire son attention. Pour le vieux maître, le moment était idéal pour entamer une petite enquête sur les marchands d'esclaves de l'Est. Seulement, il a joué de malchance et s'est fait capturer. Voilà pourquoi j'ai quitté mon peuple, voilà pourquoi j'ai décidé de me joindre à Amos dans sa quête de porteur de masques. Je sais que je peux lui être utile et je me mets à sa disposition.

– Ça alors! s'exclama la tenancière. Le vieux Sartigan est dans de beaux draps! Malheureusement, nous n'avons aucun moyen de joindre Amos! Il faudra que tu patientes…

– Puis-je m'installer dans la maison de Sartigan en attendant l'arrivée d'Amos? demanda Lolya.

– Je pense qu'il n'y verrait pas d'objection, acquiesça la grosse dame.

Lolya remercia la patronne de la taverne et les autres béorites d'Upsgran. Plusieurs villageois la guidèrent dans la forêt jusqu'à la maison de Sartigan en l'aidant à porter ses quelques sacs d'effets personnels, puis la laissèrent toute seule.

La cabane était très modeste et assez petite. Il n'y avait presque pas de meubles à l'intérieur. Les murs de bois avaient été peints à la chaux et resplendissaient d'une blancheur immaculée. Un plancher de bois, quelques tapis, une grande cheminée et des dizaines de pots contenant du thé composaient, pour l'essentiel, le décor.

Lolya sortit de ses bagages quelques chandelles et les disposa par terre en forme de cercle. Elle enleva ensuite toutes ses parures, colliers, bagues et amulettes, et vint se placer debout au centre du cercle. La fillette prononça quelques mots, puis se mit à danser lentement. Ce rituel dura quelques minutes.

Ce que Lolya n'avait pas dit aux béorites, c'est qu'elle avait aussi vu en rêve la naissance d'un dragon. Elle savait que cette bête était en danger et qu'elle allait mourir. Amos devait la ramener avec lui, c'était primordial. Lolya avait une forte intuition et savait que l'Ancien aurait un rôle important à jouer dans le nouvel équilibre du monde. Il ne fallait pas qu'il meure. Aussi le porteur de masques devait-il soigner ses blessures et le ramener à Upsgran. La jeune Dogon savait qu'il n'y a pas de hasard dans la vie et que la destinée d'Amos dépendait, d'une façon inexplicable, de ce dragon. Son avenir lointain était lié à la bête de feu.

Toutes les heures, pendant trois jours, Lolya recommença ce rituel.

# 16

# Freyja

Après s'être bien reposés, les deux amis se levèrent et se dirigèrent vers le centre de l'île.

– Durant notre voyage entre les pattes du griffon, dit Amos, j'ai vu des dolmens plus loin par là.

– Comment fait-on pour parler à un dieu? demanda Béorf, un peu inquiet.

– C'est une excellente question… Je n'en ai pas la moindre idée.

– Bon…, lança le jeune hommanimal dans un soupir, on fera comme d'habitude… On improvisera!

Après une bonne heure de marche, Amos et Béorf virent au loin la place des dolmens.

Apparurent soudainement douze femmes à la longue chevelure blonde. Leurs cheveux, très épais, étaient tressés en de longues nattes qui leur descendaient jusqu'au milieu du dos. Elles avaient la peau très blanche, les lèvres d'un rouge éclatant, et une faible lumière bleue éclairait leurs yeux. Vêtues de voiles presque transparents, elles donnaient l'impression de se déplacer en volant.

C'étaient les Brising, gardiennes du collier de Brisingamen de Freyja. Les douze femmes parlèrent d'une seule et même voix:

– Nous sommes heureuses de vous rencontrer. Nos sœurs de Ramusberget nous ont longuement parlé de vous. Amos Daragon et Béorf Bromanson, soyez les bienvenus sur l'île de Freyja.

– Merci beaucoup, répondit Amos en saluant poliment de la tête. Le voyage ne fut pas de tout repos, mais nous sommes enfin là. C'est grâce aux Brising que nous avons su que cet endroit existait et…

– Et c'est grâce aux Brising que vous aurez un entretien avec la déesse Freyja, poursuivirent les femmes à l'unisson. Peu de mortels ont eu cette chance, nous espérons que vous en avez conscience! Nous avons préparé la déesse à votre requête. Nous devons vous dire que Freyja est entrée dans un terrible courroux lorsque nous lui avons dit que des béorites se présenteraient devant elle. Mais la déesse a suivi attentivement votre voyage pour venir jusqu'à elle et vous l'avez fortement impressionnée.

– Ouf, oui! s'exclama Béorf. Nous avons rencontré bien des embûches!

– Et vous avez triomphé de chaque épreuve… Sans le savoir, vous avez jeté une nouvelle lumière sur le conflit qui oppose Odin et Freyja. Vous avez accompli beaucoup plus que vous ne l'imaginez. Nous ne pouvons pas vous expliquer en détail ces choses, elles relèvent du domaine des dieux. Soyez maintenant certains de l'attention et de la considération de Freyja!

Ce qu'Amos et Béorf ne surent jamais, c'est que leur voyage avait également été suivi de très près par Odin. Le grand dieu avait accusé Freyja du vol du collier de Brisingamen parce que les nains Alfrigg, Dvalin, Berling et Grer étaient venus s'en plaindre. En vérité, ces quatre extraordinaires joailliers avaient donné de leur plein gré le magnifique collier à Freyja, avec toute leur admiration. Ils l'avaient créé expressément pour elle, voulant que la déesse soit encore plus belle et plus resplendissante que le soleil lui-même. C'était Loki qui, déguisé successivement en chacun des nains, était venu raconter à Odin que Freyja s'était effrontément emparée du collier en les trompant. Il voulait ainsi semer la discorde entre les dieux pour profiter d'une éventuelle dispute. Son plan avait fonctionné à merveille!

Odin avait alors sévèrement sermonné la déesse en lui ordonnant de remettre le collier à ses propriétaires. Freyja avait cru qu'Odin était jaloux de sa beauté et qu'il voulait, en fait, donner le bijou à une autre déesse. Des années de guerre avaient suivi et la malédiction de Freyja était tombée sur le peuple des hommes-ours.

En suivant le voyage des béorites, Odin s'était bien vite aperçu que Loki s'interposait dans leur quête. Intrigué, le grand dieu avait fait des recherches et découvert toute la vérité. Loki tramait un renversement à Asgard, et le grand dieu serait le premier à en faire les frais. Odin s'était fait avoir par la ruse et l'habileté de Loki. Maintenant, tout était clair!

– Et comment devons-nous parler à Freyja? demanda Amos aux Brising.

– C'est elle qui vous parlera lorsqu'elle sera prête, répondirent les femmes. Personne ne commande aux dieux, ce sont eux qui décident du jour et de l'heure de leur visite. Mettez-vous là-bas, au centre des dolmens, et attendez…

– C'est tout ce que nous avons à faire? lança Béorf, assez content de prendre un peu de repos.

– Oui. Il vous suffira d'être patients. Bonne chance…

Amos et Béorf avancèrent en contournant les immenses monuments mégalithiques et se placèrent en plein centre du sanctuaire.

À ce moment, Amos sentit une violente décharge électrique qui le propulsa au sol. Une autre suivit, puis une troisième! Les Brising hurlèrent à l'intention de Béorf:

– Enlève-le! Porte-le loin des monolithes! La déesse ne veut pas le voir… Il n'est pas le bienvenu!

Béorf saisit Amos et s'exécuta promptement. Il demanda ensuite aux Brising:

– Mais pourquoi ne veut-elle pas d'Amos? Il n'est pas méchant et c'est grâce à lui que nous sommes arrivés à cette île!

– Parce qu'il est porteur de masques, déclarèrent les femmes. Il n'est pas du côté du bien ni du côté du mal, il se situe entre les deux. Les dieux ne supportent pas qu'un mortel ne choisisse pas leur côté. Amos a été sélectionné parmi des milliers d'hommes et de créatures terrestres pour rétablir l'équilibre du monde. Freyja n'aime pas les gens qui sont là pour lui faire la morale.

– Vous auriez pu le dire avant! s'écria Béorf, mécontent. Il aurait pu mourir!

– Nous aurions pu le dire, mais la déesse

nous a donné l'ordre de nous taire. Elle avait envie de châtier le porteur de masques. Un caprice !

Amos ouvrit les yeux, secoua la tête et lança à son ami :

– Wow ! Ai-je rêvé ou j'ai vraiment été foudroyé à trois reprises ?

– Tu as failli griller comme un poulet ! répondit Béorf. Désolé, mais on vient de m'informer que la déesse ne t'aime pas beaucoup. Je te conseille de rester là, bien tranquille, et de ne pas bouger.

– Judicieux conseil, Béorf, conclut Amos en ricanant. Je ne bouge pas, sois-en certain !

Le gros garçon retourna au centre du cercle des monolithes et attendit. Amos, assis dans l'herbe un peu plus loin, eut soudainement une forte intuition. Il eut la certitude qu'il devait absolument ramener le dragon à Upsgran. Cette pensée embrouilla son esprit pendant plusieurs minutes, puis elle s'évapora. Pourquoi avait-il songé à cela ? Le garçon n'en avait aucune idée. Quelque chose de plus fort que lui l'avait submergé et complètement envahi. C'était en vérité vraiment stupide de vouloir s'encombrer du dragon !

Premièrement, la bête était maintenant dans une grotte inaccessible, située au cœur même de la falaise.

Deuxièmement, elle était presque morte et donc très peu dangereuse. Si, par chance, la bête de feu guérissait de ses blessures, l'île aurait un nouveau gardien encore plus dangereux et féroce que le griffon. La déesse Freyja en serait sûrement ravie !

Troisièmement, Amos avait cru bien faire en rapportant l'œuf de dragon de Ramusberget, mais il se l'était fait reprocher par Sartigan. Pas question de lui ramener maintenant une bête vivante et bien en chair.

L'impression qu'il devait ramener le dragon vint régulièrement hanter Amos.

Béorf attendait patiemment que la déesse soit prête à lui parler. Il resta debout, au centre du cercle de monolithe, jusqu'à la tombée de la nuit. Lorsque la lune et les étoiles se montrèrent le nez, il décida de se coucher par terre. Le béorite était exaspéré. Il détestait rester au même endroit à se tourner les pouces.

« Au moins, si je dors, le temps va passer plus vite ! » se dit-il en s'étirant de tout son long.

Sur le dos, Béorf regarda les étoiles et les constellations. Pour s'amuser, il essaya de relier chaque point lumineux avec une ligne imaginaire pour former des images. Le gros garçon se dessina ainsi un chariot, une épée et il réussit presque à voir un visage humain. Ce profil était celui d'une femme au nez légèrement pointu. Brusquement, Béorf eut l'impression que les étoiles avaient changé de position ! Il se frotta les yeux et vit que le profil de son dessin se trouvait maintenant de face. Il s'agissait vraiment du visage d'une très belle femme, uniquement composé d'étoiles et de lumière cosmique. Elle portait un casque de guerre orné de courtes cornes. Ses cheveux brillaient de mille feux et se perdaient derrière elle dans les profondeurs de la nuit. Elle chuchota :

— Je suis Freyja, jeune béorite. Tu as fait tout ce chemin pour venir me parler, alors parle, je t'écoute. J'ai été longue à t'apparaître et tu m'en excuseras… Je désirais être belle pour notre première rencontre.

Béorf se pinça. Non, il ne rêvait pas ! Il fallait dire quelque chose… tout de suite ! La gorge serrée et les mains moites, il balbutia :

— Non… non, je suis… ça va !

— Ça va quoi ? Qu'est-ce qui va ? demanda la déesse. En général, les humains qui s'adressent à moi sont davantage préparés.

— Je le suis… Je veux dire : préparé… pas humain ! Je ne suis pas humain, je suis un béorite… Mais vous le saviez déjà, non ? Oui… c'est évident ! Je suis ici à cause de la… Ce que je viens vous demander, c'est d'arrêter votre petit jeu… NON ! Pas votre jeu… mais votre malédiction parce que… parce que… parce que ce n'est pas bien !

La déesse éclata d'un rire cristallin et doux.

– Odin vous a donné le courage et la force, l'ardeur au combat et la fidélité du cœur, mais il ne vous a pas gâté pour l'élocution et la communication !

– Non… En réalité… nous, les béorites, nous parlons bien, mais pas très souvent avec des dieux, alors… c'est… comment dire ?… un peu plus… euh… ouf, vous avez raison, nous sommes lamentables pour communiquer. En tout cas… sous pression !

– Tu es mignon, Béorf Bromanson, le complimenta Freyja, et ta démarche me touche. Tu as risqué ta vie pour venir plaider en faveur de ta race. Ton voyage a changé beaucoup de choses. Odin est venu s'excuser et il a demandé ma main. J'ai accepté…

– WOW ! s'exclama Béorf. C'est vraiment génial !

– Oui… vraiment génial ! répéta la déesse en riant. Tu sais ce que cela signifie ?

– Cela veut dire qu'il va y avoir une grande cérémonie à Asgard, dans le domaine des dieux. Ces célébrations vont provoquer des centaines d'aurores boréales et des pluies d'étoiles filantes.

– Entre autres, continua la déesse. Cela veut aussi dire que les béorites, création d'Odin, ont maintenant une place privilégiée dans mon cœur. J'ai déjà levé ma malédiction. Ta race est maintenant libre de se reproduire et de prospérer sur la Terre.

– Merci beaucoup. Vous êtes vraiment charmante. Je suis content que ce voyage ait servi à quelque chose.

– Ton voyage a eu du bon, confirma Freyja. Par contre, je ne te laisserai pas partir ainsi.

– Ah non? s'étonna le gros garçon. Qu'ai-je fait pour mériter votre courroux?

– Mon courroux! Mais non, je ne suis pas en colère. Je veux faire quelque chose pour toi. Il arrive que les dieux, particulièrement contents d'un de leurs fidèles, lui accordent une grâce que les humains appellent un miracle.

– Vous allez faire un miracle pour moi? demanda Béorf, bouche bée.

– Oui. C'est grâce à toi que mon conflit avec Odin s'est terminé, grâce à toi que le grand dieu a découvert le complot qui se tramait dans son dos, grâce à toi que je vais bientôt me marier et encore grâce à toi que je vais pouvoir porter le collier de Brisingamen au grand jour, sans honte et sans amertume.

– C'est aussi beaucoup grâce à Amos Daragon…, précisa le gros garçon.

– Oui, tu as raison, mais tu auras compris que je ne veux pas parler de lui. Si je compte bien, cela fait quatre bonnes actions. Celles-ci te seront rendues, jeune et vaillant béorite. Je t'offre Heindall, un grand bouclier magique qui saura te protéger de tes ennemis. Également, tu recevras Mjollnir, une copie du marteau magique de Thor. Tu pourras lancer cette arme contre ceux qui te menacent et toujours elle te reviendra dans les mains.

– OUF!… fit Béorf. Je rêve!

– Attends, je n'ai pas terminé! Je te suis si reconnaissante que je t'offre aussi le voyage de retour sur Skidbladnir, le drakkar des dieux. De cette façon, tes amis et toi retournerez à Upsgran sans encombre. Cela vous évitera d'éventuels problèmes de la part de Loki. Nous l'avons à l'œil, mais on ne sait jamais…

– Merci pour tout, vraiment…

– Laisse-moi terminer avant de me remercier. Maintenant, le miracle! Te souviens-tu avoir récemment vu une étoile filante traverser le ciel?

– Oui. J'étais sur le bateau des Kelpies avec Amos et il m'a dit de faire un vœu.

– Qu'as-tu souhaité?

– J'ai souhaité revoir Médousa! s'écria Béorf, les yeux ronds et le cœur battant.

– Eh bien, c'est ma dernière grâce…, conclut Freyja. Tu reverras ton amie en chair et en os. Sois digne des cadeaux que je t'offre et prie pour mon bonheur avec Odin. Nous aurons, lui comme moi, un œil sur toi… Réveille-toi maintenant !

Béorf ouvrit les yeux dans le soleil du matin.

– AH NON ! hurla-t-il. C'était un rêve !

Dans un mouvement brusque de découragement, la main du béorite glissa sur une arme qui était posée à côté de lui. Béorf tourna la tête et vit un superbe marteau de guerre. Il était long d'une soixantaine de centimètres et une figure d'aigle à deux têtes ornait sa partie supérieure. Son manche de chêne était lui aussi finement sculpté de symboles runiques.

Béorf se retourna et aperçut le bouclier qui brillait dans le soleil. Il était ficelé d'or et arborait l'image d'un ours rugissant. Le garçon se pinça encore une fois. Il ne savait plus s'il était véritablement réveillé.

C'est lorsqu'il s'assit que Béorf eut sa plus grande surprise. À ses pieds, un corps enveloppé d'une grande cape bougeait lentement. Non, il ne rêvait pas, c'était bien Médousa !

# 17

# Le retour de la gorgone

Béorf hurla à pleins poumons :

– AMOS ! VIENS ICI, AMOS !

Le jeune porteur de masques dormait non loin de là. Il s'était assoupi et avait passé la nuit dans l'herbe. Trempé par la rosée, Amos leva la tête et regarda autour de lui. Son ami, au centre du cercle des monolithes, dansait sur place.

– Mais que se passe-t-il, Béorf ? Pourquoi t'agites-tu ainsi ? demanda le garçon.

– Parce que c'est un miracle ! s'écria l'hommanimal. C'est un miracle ! Elle est là ! Elle est revenue ! Médousa est là ! Juste là !

« Ça y est, pensa Amos en se levant lentement, il me fait encore une mauvaise blague ! »

– Viens ! Viens vite ! insista Béorf.

– Si tu te souviens bien, je ne suis pas le bienvenu dans ce cercle, alors, si ça ne te dérange pas trop, je vais plutôt t'attendre ici.

– J'arrive! J'arrive!

Amos vit alors que son ami portait sous le bras un magnifique bouclier et une nouvelle arme à la ceinture.

Béorf avait aidé «quelqu'un» près de lui à se lever, puis s'avançait en le soutenant par le bras. Tous deux s'approchèrent lentement du porteur de masques. L'étranger semblait être une… une jeune fille à la peau verte et…

– MÉDOUSA! hurla Amos. Mais c'est impossible! MÉDOUSA! Mais je rêve!

– Mais non, tu ne rêves pas, Amos, c'est bien elle…, confirma Béorf en aidant la fille à s'asseoir à l'extérieur du cercle des monolithes.

– Amos? Béorf? demanda la gorgone, étourdie. C'est vous? Mais qu'est-ce que je fais ici? Sommes-nous sortis du château de Karmakas? Et Bratel-la-Grande? Un miroir! Je me souviens d'un miroir…

– Mais c'est impossible! s'écria Amos. Et toi, Béorf, tu as un bouclier et un marteau de guerre maintenant? Et Médousa, mais comment…?

– Je ne comprends plus rien de ce qui m'arrive et j'ai terriblement mal à la tête, dit Médousa en se frottant les tempes.

— Explique, Béorf, je suis dans le noir complet! supplia Amos.

— Oui, raconte, répéta la jeune gorgone. J'étais dans le château d'un sorcier nagas et me voilà assise dans l'herbe mouillée, au milieu d'une campagne quelconque où j'entends le chant incessant des oiseaux...

— Eh bien, commença Béorf, laissez-moi vous raconter une histoire extraordinaire qui vous rendra jaloux!

Le gros garçon commença par raconter l'apparition du visage dans les étoiles. Puis il résuma sa discussion avec la déesse Freyja en évitant soigneusement de dire qu'il avait bafouillé de nervosité. Il informa ses amis du mariage prochain d'Odin et de Freyja, puis parla des grâces, du marteau, du bouclier, du drakkar et de la résurrection de Médousa. À ce moment, la jeune gorgone intervint:

— Tu viens de parler de l'étoile filante, de ton vœu et de MA RÉSURRECTION? Si je comprends bien ce que tu viens de dire, j'en conclus que j'étais morte! C'est bien cela?

— En poussière! répondit Amos. À Bratel-la-Grande, tu as regardé ton reflet dans le miroir de Junos. Tu le lui avais volé, tu te souviens?

— Oui, je me souviens maintenant..., reprit la gorgone. Karmakas m'avait forcée à changer

Béorf en statue de pierre. C'était la seule façon de briser le maléfice. J'ai choisi, à ce moment, de donner ma vie pour sauver la sienne. Et où sommes-nous maintenant?

– Bien loin de Bratel-la-Grande! s'exclama Béorf. Nous sommes sur l'île de Freyja, au beau milieu de nulle part!

– Ce n'est pas faux…, ajouta Amos en ricanant.

– J'aimerais que tu m'expliques quelque chose, Béorf, fit Médousa, les yeux bien cachés sous sa capuche. Tu as voulu me revoir même si je t'ai transformé en pierre… Je t'ai trahi, Béorf, et, toi… et, toi, tu pensais encore à moi, malgré tout?

– C'est ça, l'amitié, Médousa, répondit Béorf. Parfois, il faut savoir pardonner…

– Et qu'est-ce qui s'est passé depuis ma mort? demanda encore la gorgone.

Les deux garçons éclatèrent d'un rire sonore.

– Vraiment? fit Médousa. Il s'est passé tant de choses?

– Beaucoup plus que tu ne peux l'imaginer! lança le porteur de masques.

– Amos est même tombé amoureux d'une sirène, continua Béorf. Elle l'a appelé «joli garçon» deux ou trois fois et c'était fait, il était amoureux!

— Et Béorf, ajouta Amos en jouant le jeu, n'a pas été capable d'endurer une demi-journée de régime sans devenir agressif!

— D'ailleurs, j'ai faim! s'écria le gros garçon, hilare.

— Allez! ordonna Médousa. Racontez-moi tout, je suis impatiente de savoir ce que j'ai manqué…

Les garçons lui racontèrent en détail leurs aventures. Ils évoquèrent le retour de Yaune le Purificateur, Lolya, les Bonnets-Rouges, leur voyage à Ramusberget et l'œuf de dragon. Amos et Béorf parlèrent aussi de la malédiction qui pesait sur les béorites, d'Upsgran, de Sartigan et des masques de pouvoir d'Amos. Les fées du bois de Tarkasis, Junos, la disparition de Frilla et la mort d'Urban, tout y passa. À la fin, Médousa s'exclama:

— Vous avez fait tout cela en un an?! C'est incroyable!

Amos eut alors un malaise. Le porteur de masques se lança sur le côté et vomit.

— Qu'est-ce qui se passe? demanda Béorf.

— Ça va? fit Médousa.

— Non, ça ne va pas du tout! Quelque chose me serre l'âme et le cœur. Une intuition à l'intérieur de moi me dit que je dois retourner à la grotte et aider le dragon, je dois le ramener à Upsgran, mais je ne sais pas pourquoi. Plus je rejette cette pensée en me disant qu'elle est tout à fait ridicule, plus j'ai mal au cœur. C'est incroyable quand même! Cette bête est dangereuse et très agressive. Sartigan avait raison: les dragons sont des créatures violentes créées pour dominer et semer la mort.

– J'ai une idée, dit la gorgone. Nous retournons voir cette fameuse bête et, si elle nous fait des misères, je la regarde dans les yeux et la transforme en pierre! Pas mal comme idée, hein? Je suis là, aussi bien m'utiliser pour assurer vos arrières!

– Excellente idée! confirma Amos. De cette façon, j'en aurai le cœur net. Nous verrons si mes intuitions sont fondées ou non.

– Un seul petit problème, intervint Béorf. Comment allons-nous faire pour descendre jusque-là? Je te rappelle que la grotte est en plein centre de la falaise et que descendre la paroi rocheuse, sans corde, serait du suicide.

– Mais j'ai encore la solution pour vous! s'écria Médousa. Je vous rappelle que, sous ma grande cape, j'ai des ailes. Évidemment, je ne sais pas voler, mais je sais… planer. Je ne pourrai jamais me promener dans le ciel comme un oiseau, mais je peux facilement me lancer d'une falaise et contrôler ma chute avec le vent. Et si, par hasard, je manquais de vent, Amos peut toujours m'en envoyer un peu, non?

– Décidément, Médousa, répondit Amos, impressionné, il était temps que tu reviennes à nos côtés !

– Je suis tout à fait d'accord ! s'écria Béorf avec un grand sourire.

– Alors, ne restez pas là et allons-y ! lança la gorgone. J'ai des tonnes d'aventures à rattraper !

* * *

Les trois amis, maintenant réunis, marchèrent jusqu'à la falaise. Le vent soufflait avec force et des centaines de grands oiseaux blancs à tête jaune dansaient dans le ciel.

– Il y a assez de vent pour moi ! assura Médousa. Si vous voulez, je me lance en bas et je plane vers la grotte. Une fois à l'intérieur, j'évalue la situation et je vous fais signe ! Ça va ?

– Parfait ! répondit Amos. Moi, je me tiens prêt au cas où le vent faiblirait.

– Et moi…, fit Béorf, eh bien, moi… je me croise les doigts !

La gorgone se tourna vers le vide et laissa tomber sa cape. Les garçons virent deux grandes ailes se déployer. Les cheveux-serpents de leur amie s'agitaient dans le vent. Comme Médousa portait toujours une capuche sur la tête pour cacher ses yeux, c'était la première fois qu'Amos et Béorf contemplaient sa chevelure. Ils furent fortement impressionnés par le mouvement continuel des serpents. Dans la lumière crue de ce début d'après-midi, les cheveux dorés s'entortillaient pour former des boucles vivantes et scintillantes comme de l'or. Cette vision, magnifique et terrifiante à la fois, paralysa quelques secondes le porteur de masques et l'hommanimal.

– J'y vais ! cria Médousa.

La gorgone étira ses grandes ailes et se lança du haut de la falaise. Elle se stabilisa dans le vent avec habileté. Médousa savait anticiper les courants ascendants et les brusques mouvements d'air.

Elle repéra vite l'entrée de la grotte. Après quelques manœuvres d'approche, elle posa le pied dans le repaire du griffon. La jeune gorgone se glissa facilement dans l'ouverture rocheuse en rétractant rapidement ses ailes.

« Mission réussie ! pensa-t-elle. Reste maintenant à savoir si ce dragon est encore là ! »

Médousa enjamba le corps inerte du griffon et se dirigea vers le fond de la grotte. Un fort râlement attira son attention. La bête était bien là, cachée dans les ossements de chevaux. Des taches de sang coagulé et de grandes plaies ouvertes lui couvraient le corps. Sa respiration était irrégulière. De fréquents spasmes secouaient le dragon. Dans un ultime effort, il ouvrit à peine un œil et retomba immédiatement dans un profond sommeil comateux.

– Hum… Tu es en très mauvais état, murmura Médousa en se penchant sur la créature.

Elle lui caressa légèrement la tête, puis retourna faire signe à ses amis que tout allait bien. Amos et Béorf étaient inquiets et ce signe de la gorgone calma leur angoisse.

– Comment te ramèner en haut maintenant? demanda Médousa en se grattant la tête.

Regardant autour d'elle, elle vit un gros coffre de bois. Elle estima rapidement la taille du dragon et eut une idée. La gorgone vida le contenu du coffre de toutes les potions, fioles et élixirs. Seuls le grimoire et le pot de verre contenant un cœur humain furent conservés, Médousa estimant qu'un livre et un cœur étaient deux choses trop importantes pour être abandonnées.

La gorgone saisit ensuite le dragon sous ses pattes avant et le traîna jusqu'au coffre. La bête, molle et presque sans vie, n'offrit aucune résistance. Âgée de moins d'un mois, elle était tout de même assez lourde et Médousa eut du mal à l'installer en boule dans la malle de Baya

Gaya. Le petit dragon n'avait pas l'air à son aise, mais c'était le mieux qu'elle pouvait faire. Il continua à râler, inconscient, lorsqu'elle referma solidement le coffre.

« Maintenant, se dit-elle, ce sera à ton tour, Amos ! Et j'espère que ta concentration s'est améliorée ! »

La gorgone tira le coffre vers l'entrée de la caverne et en saisit fermement les deux poignées latérales. Deux serpents dorés se détachèrent alors de sa chevelure, glissèrent sur ses bras et vinrent s'enrouler autour de ses mains. Agissant comme des cordes, ils allaient solidifier sa poigne et l'empêcher de lâcher le coffre en plein vol.

Médousa le souleva difficilement, ouvrit grandes ses ailes et se jeta dans le vide. Trop lourde, elle plongea dangereusement vers le bas de la falaise. Paniquée, elle tenta de capter le plus de vent possible avec ses ailes afin de remonter. Impossible ! La gorgone était maintenant trop lourde. Déséquilibrée, elle ne contrôlait plus sa descente.

Amos comprit qu'il devait rapidement faire quelque chose pour sauver son amie. Il ferma les yeux et leva ses deux mains au ciel dans un geste brusque et violent. Une forte bourrasque s'éleva de la mer, gonfla les ailes de la gorgone et la fit remonter d'un coup.

Médousa fit une fulgurante remontée. Si brusque qu'elle en eut un haut-le-cœur. Le porteur de masques recommença son mouvement et la gorgone gagna encore en altitude. De rafale en rafale, elle atteignit presque le bord de la falaise.

Amos la maintenait dans les airs, mais elle était incapable de manœuvrer pour se poser. Les bourrasques inattendues du garçon, le poids du coffre et le vent environnant la déstabilisaient en l'empêchant de bien contrôler ses ailes.

Béorf saisit alors la cape de son amie et en attacha la capuche à la poignée de son marteau de guerre en pensant : « Freyja m'a dit que cette arme me reviendrait toujours dans les mains, eh bien, c'est le moment de vérifier si elle disait vrai ! »

Le gros garçon lança son marteau vers Médousa en criant :

– ATTRAPE LA CAPE !

L'arme frôla de près Médousa. Tous ses cheveux-serpents s'étirèrent et des centaines de petites bouches attrapèrent alors le tissu. Magiquement, le marteau de Béorf traça une boucle dans les airs et revint vers son maître en traînant la gorgone par les cheveux.

Médousa tomba tête première dans l'herbe, culbuta, laissa échapper le coffre et termina sa course sur le dos, les jambes en l'air. Elle était sauve !

– Ça va, Médousa ? demanda Amos en s'approchant d'elle.

– Reste là, ordonna violemment la gorgone. Ne t'approche pas ! Il n'y a pas de protection sur mes yeux et je ne veux pas risquer que nos regards se croisent. Demande à Béorf de m'apporter ma cape et ma capuche !

– Voilà ! fit Béorf en lui donnant le vêtement. Ce marteau fonctionne véritablement… C'est extraordinaire ! Tu as vu, Amos, il est revenu directement dans ma main !

– C'est merveilleux ! s'exclama le porteur de masques. Tu as eu de bons réflexes et une très bonne idée. Sans toi, Médousa serait encore en train de virevolter dans les airs.

– Nous formons une bonne équipe ! conclut Béorf en aidant la gorgone à se relever.

– Oui…, confirma Médousa en passant sa cape. J'ai bien pensé tomber dans la mer en bas de la falaise. Merci à vous deux ! Maintenant, regardons le dragon. Il est dans le coffre et ce serait un miracle qu'il ait survécu à cet atterrissage.

Heureusement, le dragon était encore vivant. Le corps en boule et sa queue ramenée sous lui, il respirait faiblement. De toute évidence, il ne vivrait plus encore bien longtemps.

– Bon…, dit Amos pour faire le point, il nous faut maintenant quitter cette île au plus vite et aller secourir les béorites en mer. Dis-moi, Béorf, Freyja t'a bien dit que nous pouvions revenir à Upsgran avec Skidbladnir, le drakkar des dieux ? Si c'est le cas, je me demande où peut bien être ce fichu bateau !

Le gros garçon sourit gentiment, prit le menton d'Amos et lui tourna lentement la tête vers le centre de l'île.

– Il est là !

# 18

# Skidbladnir

Le navire des dieux était là, juste sous leurs yeux, posé dans l'herbe verte. Il brillait dans la lumière du soleil. Sa solide coque avait la couleur du sang, et des ornements d'or et d'argent, des pierres précieuses et des sculptures dédiées aux grands guerriers le rendaient encore plus majestueux. Sa voile, d'une éclatante blancheur, portait deux bandes d'inscriptions runiques sur ses bords. De grands boucliers, forgés de main de maître par les nains, représentaient les plus glorieuses batailles vikings. Une figure de proue en bois, représentant une tête de dragon prêt à mordre, s'anima devant les adolescents qui s'approchaient :

– Bonjour, je suis Skidbladnir et je dois

vous reconduire sur le continent! Montez à bord, vous êtes les bienvenus!

Une passerelle tomba lentement à tribord. Béorf murmura en grimpant sur le pont :

— J'espère qu'il y a de quoi manger sur ce rafiot! Je commence à avoir vraiment faim!

— Il y a tout ce qu'un béorite peut désirer se mettre sous la dent! répondit la figure de proue. Il y a une table, sur le pont inférieur, qui regorge de victuailles. Il y a des fruits, de la viande, des légumes et des gâteaux! Servez-vous!

— Euh… merci bien…, balbutia le gros garçon, un peu embarrassé.

— Est-ce qu'il y a des cafards et des vers blancs? demanda la gorgone en riant.

— Oui, confirma le bateau. Je m'adapte aux goûts de mes passagers et vous trouverez sur la table tous vos plats préférés. Les dieux du panthéon nordique se font un point d'honneur de satisfaire les voyageurs qui empruntent Skidbladnir.

— Eh bien! s'écria Amos. Nous ferons sûrement un excellent voyage.

— Je monte le coffre? demanda la figure de proue.

— Oui, s'il vous plaît, répondit Amos.

La figure de proue ouvrit la bouche et saisit le coffre entre ses dents de bois. Elle le déposa ensuite délicatement sur le pont.

– À bord de Skidbladnir, expliqua-t-elle ensuite, vous êtes hors du temps. Une heure sur ce drakkar représente une seconde dans le monde des hommes. Voilà pourquoi ce navire est si rapide. Nous allons toujours à Upsgran ?

– Oui, confirma Amos, mais avant, nous devons récupérer des amis en route. Ils sont prisonniers d'un trois-mâts à la dérive. J'aimerais aussi faire quelques recherches en mer pour retrouver trois guerriers, trois béorites en fait !

– Vos amis ne sont plus là, répliqua la figure de proue. On ne vous a pas informés ?

– Comment cela, plus là ?! s'écria Béorf, inquiet. Où sont-ils alors ? Nous irons les chercher là où ils se sont échoués, c'est tout !

– Tu ne comprends pas, jeune béorite…, enchaîna la bête de bois. Je les ai moi-même reconduits à Asgard, le domaine des dieux. Piotr le Géant a terrassé, à lui seul, un terrible serpent de mer. Malheureusement, il n'a pas survécu à ses blessures. Helmic l'Insatiable et Alré la Hache ont été noyés par des merriens. Les créatures aquatiques, appelées par Loki, ont pris leur revanche sur ces deux valeureux guerriers. Les béorites ne sont pas très habiles pour combattre dans l'eau et, malgré tous leurs efforts, ils ont été sauvagement assassinés. Rutha la Valkyrie, Hulot Hulson dit La

Grande Gueule, Banry et les frères Azulson, Goy et Kasso, ont été à leur tour envoyés au fond de l'océan et livrés aux merriens. Ils ont connu une mort rapide et sans souffrance. Eux aussi ont tenté du mieux qu'ils ont pu de se défendre, de rendre coup pour coup, mais sans succès. Le destin des béorites a été scellé par la volonté du dieu Loki. Je ne voudrais pas être à sa place lorsque Odin lui mettra la main dessus, il sera peut-être puni…

Amos et Béorf avaient éclaté en sanglots en entendant ce qui était arrivé à leurs amis.

– PEUT-ÊTRE PUNI! hurla le porteur de masques, furieux. Les dieux ne comprennent rien à rien! Nous ne sommes que des pions pour eux! Des pièces d'un jeu qu'ils manipulent à leur guise… Béorf et moi avons perdu de véritables amis. Des gens que nous aimions de tout notre cœur! Loki a volontairement provoqué la mort de huit personnes et il sera PEUT-ÊTRE puni!

– Mais…, répondit Skidbladnir, huit personnes, ce n'est rien! Bien plus de gens sont morts en se battant pour leur dieu, les guerres de religion ont fait des millions de morts. Pourquoi les dieux devraient-ils châtier sévèrement Loki? Pour huit mortels?

– Voilà ce que nous sommes pour eux! s'écria Amos. Des mortels! De simples créatures mortelles sans avenir dont le destin est lié à leurs bonnes grâces? C'est tout ce que nous sommes?

– Oui, confirma la tête de proue. Vous êtes des insectes devant les divinités de ce monde. Vous êtes les petits soldats des dieux et ceux-ci s'affrontent par votre intermédiaire. La Terre est un immense champ de bataille peuplé de créatures étranges. Tous les jours, vous vous battez entre vous, vous tuez et vous assassinez votre prochain au nom des dieux. Toi-même, n'as-tu pas tué des gobelins? Un dragon? Et Béorf n'a-t-il pas éliminé plusieurs gorgones à Bratel-la-Grande?

– Nous ne faisions que nous défendre! rétorqua le gros garçon. Nous répondions à l'agression par la violence parce que nous n'avions pas le choix.

– On a toujours le choix! assura la figure de proue d'un ton paternaliste.

– Eh bien, lança Amos, si c'est vrai que nous avons toujours le choix, j'ai fait le mien… Je descends de ce bateau. Je n'ai pas besoin des dieux et de leur morale, pas besoin de leurs sermons et de leurs faveurs. MOI, je suis un homme et je choisis de prendre complètement en main ma destinée et de ne rien attendre d'une divinité. Ma mission est de rétablir l'équilibre du monde et, pour cette raison, je ne veux pas profiter des faveurs de Freyja, ni de celles d'Odin! Je ne demande rien aux dieux du bien et je ne veux aucune grâce des dieux du mal. Rétablir l'équilibre veut maintenant dire pour moi combattre les dieux pour donner à toutes les créatures de la Terre un monde à leur image, et non façonné par une quelconque volonté divine!

– TU BLASPHÈMES! s'indigna Skidbladnir. Il faut choisir un camp, tu ne peux pas demeurer neutre, tu ne peux pas vivre sans guide, tu ne peux pas choisir… Tu n'es qu'un humain! Reste, sinon…

– SINON QUOI? hurla Amos. Essaie de me retenir à bord et tu verras comment un simple mortel est capable de t'enflammer en claquant des doigts. Ne me menace plus jamais ou tu en subiras les conséquences. Je suppose que si la vie de huit béorites, huit de mes amis, ne compte pas, eh bien, l'existence de Skidbladnir n'a pas plus d'importance pour les dieux. Tu es probablement aussi facilement remplaçable qu'un humain, un gnome ou une fée! Je descends… et ne t'avise pas de me défier!

Amos quitta le navire d'un pas rapide et marcha, en rageant, vers la falaise. La figure de proue du navire baissa la tête et ne fit rien pour le retenir.

En marchant, Amos entendait encore dans sa tête les chansons de Banry et revoyait la figure ronde de Hulot. Il repensait à l'énergie d'Helmic, aux altercations de Goy et de Kasso et à la tendresse de Rutha. Il se rappelait le courage de Piotr et d'Alré en s'imaginant que la mort les avait tous réunis dans un éternel banquet.

Le porteur de masques avait les larmes aux yeux et le cœur lourd. Il venait de perdre des amis, des gens qui l'avaient accueilli comme un des leurs et qui l'aimaient véritablement.

– Moi aussi, je descends…, dit fermement la gorgone. Freyja m'a ramenée à la vie et je lui en suis reconnaissante. Malgré cela, je ne vais pas non plus me soumettre aux volontés des dieux. Les divinités gorgones ne nous ont jamais enseigné l'amitié. C'est Amos et Béorf qui m'ont rendue meilleure, et personne d'autre. Je ne dois rien aux dieux, j'ai une dette envers ceux qui me font grandir et ceux qui me respectent… même si je suis différente! Ne me retiens pas non plus… Je pourrais avoir envie de te montrer mes yeux. J'ai le clin d'œil très… très pétrifiant…

La jeune gorgone descendit fièrement du navire, le dos droit et la tête haute. Skidbladnir lança alors à Béorf d'un ton complice:

– Alors, je te ramène chez toi, jeune béorite? Partons, fils d'Odin!

– Je ne suis pas le fils d'Odin, répondit hargneusement le gros garçon. Je suis le fils d'Évan et d'Hanna Bromanson.

Béorf lança par terre le marteau et le bouclier de Freyja.

– Tu rapporteras ça à la déesse, je n'en veux plus! Je viens de comprendre bien des choses. Il y a chez mon peuple une vertu qui s'appelle la fierté! Nous avons subi, à cause d'une histoire de collier, une malédiction qui a mis notre race en péril. Une simple mésentente entre les dieux a provoqué la mort de mes parents, de mes amis et menacé la pérennité de centaines de béorites. Tout cela pour un… pour un stupide collier. Tu diras à Freyja qu'on n'achète pas un membre de la famille Bromanson avec des babioles magiques. Je suis venu plaider la cause de ma race et je n'oublierai jamais que c'est à cause d'Odin et de sa future épouse que j'ai perdu des gens que j'aimais de tout mon cœur. Je ne combattrai pas pour une déesse, ni pour le bien, ni pour le mal. Je combattrai aux côtés de mes amis pour libérer le monde de l'emprise des dieux. J'aime mieux mourir de faim que d'entreprendre un voyage reposant sur le bateau de mes ennemis…

Le gros garçon laissa derrière lui son bouclier et son marteau magique. Il n'en avait plus besoin. Les véritables béorites se battaient avec leurs griffes, leurs dents et leur courage ; ces trois choses, il les avait déjà. Béorf saisit le coffre contenant le dragon et descendit rejoindre ses amis.

Derrière lui, Skidbladnir, le drakkar des dieux, disparut lentement.

Les trois adolescents, côte à côte et les cheveux dans le vent, regardaient l'océan. L'eau s'étendait devant eux à perte de vue. Après un long moment de silence et de contemplation, Béorf lança :

— Ouais… On est vraiment dans la merde !

Amos et Médousa éclatèrent de rire.

— Vraiment ! reprit Amos, hilare. Je dirais même jusqu'au cou…

— Et peut-être même un peu plus, ajouta Médousa en se tapant sur les cuisses.

— En plus, j'ai faim… dit très sérieusement l'hommanimal.

— C'est incroyable ! s'exclama le porteur de masques en se tenant les côtes. Nous sommes au milieu de nulle part, à des milliers de kilomètres de notre terre, nous venons de nous mettre à dos tous les dieux de ce monde, nous avons perdu des amis, manqué notre seule chance de revenir à Upsgran… et Béorf, lui, il a faim !

— Raison de plus pour avoir un creux, rétorqua le béorite. Se mettre tous les dieux à dos, ça creuse l'appétit !

– Je connais une bonne recette de soupe aux vers de terre ! s'écria la gorgone.

– Là, tu vois…, répondit Béorf, je n'ai plus vraiment envie de manger !

– Alorrrs, laissez-moi vous inviter à dîner ! lança énergiquement une petite voix claire derrière eux.

Médousa, Béorf et Amos se retournèrent. Un petit bonhomme, d'un peu moins d'un mètre, à la barbe et aux cheveux roux, se tenait debout dans l'herbe, fumant une longue pipe blanche incurvée. Il avait la moitié des dents complètement pourries, quelques poils dans ses oreilles pointues et un bedon bien rond. Un long manteau vert troué et rapiécé, de grands sabots, une large ceinture de cuir et un chapeau rond semblable à un champignon constituaient l'accoutrement de cette étrange apparition.

– Bonjourrr, je m'appelle Flag Marrrtan Mac Heklagrrroen, et les habitants de cette île vous doivent une fièrrre chandelle ! Appelez-moi Flag !

– Bonjour, Flag ! Je m'appelle Amos, et voici Béorf et Médousa, fit joyeusement le porteur de masques. Pourquoi dites-vous que vous nous devez une fière chandelle ?

– Allons manger avant ! lança Flag. On ne discute pas bien avec un estomac vide… Il faut vous restaurrrer… Ayez confiance, vous êtes entre bonnes mains. Le peuple lurrrican est pacifique et amical…

– Nous vous suivons ! s'écria Béorf en se frottant le ventre. Mon estomac hurle famine !

Portant le coffre de Baya Gaya, les trois amis suivirent l'étrange petit personnage. Amos regrettait de ne plus pouvoir réduire l'encombrante malle contenant le dragon. Des chevaux sauvages galopaient çà et là en évitant de trop s'approcher du petit cortège. Amos, Béorf et Médousa peinèrent une bonne vingtaine de minutes à marcher dans l'herbe haute avant que Flag ne s'arrête et soulève une trappe dans le sol.

– C'est ici, je vous prrrie de descendrrre ! déclara le Lurican.

Cette trappe était cachée dans l'herbe, à l'extrême ouest de l'île. Amos se demanda comment le petit bonhomme roux avait fait pour la trouver aussi facilement. Il n'y avait pas de repères ni d'indications, aucune balise, borne ou signe quelconque. Cette porte secrète était si bien camouflée qu'elle était indétectable.

– Laissez le coffrrre ici, suggéra Flag. Des amis viendrrront le cherrrcher ! Nous savons ce qu'il contient et nous en prrrendrrrons bien soin !

– Vous nous avez espionnés ? demanda Amos avec curiosité.

– En quelque sorrrte, oui ! Depuis votrrre arrrivée entre les pattes du grrriffon jusqu'à votrrre rrrefus de voyager sur Skidbladnirrr… Entrrrez maintenant dans le passage et attention à votrrre tête !

Un long couloir étroit et obscur s'enfonçait dans la terre. Les adolescents empruntèrent le passage en descendant prudemment l'escalier abrupt façonné dans le sol. Le Lurican referma la trappe derrière eux.

Après une interminable descente dans le noir complet, Amos déboucha le premier dans une grotte fortement éclairée. Il mit ses mains devant ses yeux pour les protéger de cette violente lumière. Une immense clameur envahit les lieux. Il s'agissait d'applaudissements ! Une ovation grandiose de centaines de Luricans excités accueillit les trois amis !

# 19

# La machine des Luricans

Il y avait des Luricans partout. Des centaines de petits bonshommes roux, barbus et fumant la pipe, chacun accompagné de sa femme aux cheveux raides et de ses enfants, criaient à tue-tête. La grotte était aménagée comme un gigantesque théâtre. On pouvait y voir des loges taillées dans la roche, un large parterre et un immense balcon. Toutes les places étaient occupées : pas un seul petit espace libre !

Par un ingénieux système de miroirs, la lumière extérieure du soleil se reflétait dans la grotte. D'aveuglants halos cristallins éblouirent Béorf et Médousa. Flag contourna rapidement les adolescents et s'avança sur la scène.

– Cherrrs Lurrricans! lança-t-il avec force.

Les manifestations de joie cessèrent lentement.

– Cherrrs Lurrricans! répéta encore une
fois Flag d'une voix plus autoritaire. Je sais
qu'il n'est pas facile pour un Lurrrican de se
tairrre, mais…

– CHUT! crièrent plusieurs voix dans
l'assistance. Chhhhhhhut!

– Merrrci! reprit Flag en rallumant sa pipe.
Je tiens à vous prrrésenter nos sauveurrrs!

Encore une fois, la foule se déchaîna! Des
cris, des sifflements et des applaudissements
fusèrent de toute part! Flag dut encore une
fois calmer les Luricans en délire:

– Taisez-vous! Ça suffit! Du calme!
Laissez-moi parrrler…

Il n'y avait rien à faire, les spectateurs
étaient impossibles à discipliner. Pendant de
longues minutes, Flag essaya de reprendre la
parole, mais en vain! Le petit bonhomme
devint alors rouge de colère et commença à
s'exciter en insultant la foule. Il agitait ses bras
et criait à perdre haleine en sautillant.

Ce nouveau spectacle embrasa davantage la
salle. Les spectateurs riaient maintenant aux
larmes en voyant Flag Martan Mac Heklagroen,
leur chef, danser comme un pantin survolté.
Plusieurs se mirent à jouer de la musique et à

chanter pour l'accompagner. Finalement, outré et hors de lui, Flag se retourna, baissa son pantalon et montra ses fesses à l'assistance. Une vague de cris de joie et de hurlements hystériques fit trembler toute l'île. Flag remonta son pantalon, lança violemment ses sabots à la foule et cria aux trois compagnons :

– ILS SONT INSUPPORRRTABLES ! SUIVEZ-MOI !

Les amis se levèrent et suivirent Flag dans un autre couloir, celui-là éclairé par de petites lampes fixées aux parois. Amos se rendit vite compte que tout l'intérieur de l'île était constitué de couloirs, de galeries et d'étroits passages. Des dizaines d'escaliers montaient et descendaient un peu partout. Flag les guidait avec aisance dans ce labyrinthe de chemins sinueux. Après quelques minutes de marche, tout le groupe déboucha dans une grande pièce. De confortables coussins couvraient le sol autour d'une table regorgeant de victuailles. Sans attendre qu'on l'invite à s'asseoir, Béorf se jeta à pleines mains sur la nourriture.

– Faites comme lui ! lança Flag, encore un peu irrité du comportement de ses compatriotes. Je vous accompagne !

– Merci, répondit Amos. C'est très apprécié !

– M'oui, confirma Béorf, un gâteau aux noisettes entre les dents.

– Pouvez-vous nous expliquer ce qui se passe ici ? demanda poliment le jeune porteur de masques. J'aimerais aussi savoir en quoi nous sommes vos sauveurs ? Sincèrement, je pense n'avoir rien fait pour vous et…

Flag l'interrompit et commença à raconter en détail l'histoire des Luricans de l'île.

Il y a de cela très longtemps, l'île de Freyja appartenait aux Luricans. Les petits bonshommes vivaient à la surface de la terre, dans de charmantes maisons faites de paille et de pierres. Ils élevaient des chevaux sur lesquels ils galopaient des journées entières et vivaient heureux sur leur bout de terre au milieu de l'océan. Un jour, la déesse Freyja avait décidé que l'île deviendrait son sanctuaire, son temple sur la Terre. Elle avait envoyé les Valkyries, de puissantes guerrières chevauchant des pégases, chevaux se déplaçant dans les airs, pour éliminer les « petites vermines rousses » qui peuplaient ce morceau de rocher. Des milliers de Luricans avaient ainsi été assassinés et leurs corps, lancés du haut des falaises. Ce massacre était à l'origine d'une légende racontant que les âmes des morts s'étaient matérialisées en oiseaux et que leurs cris s'élevaient au ciel comme une constante injure à la déesse Freyja.

Les survivants s'étaient réfugiés dans les grottes, mais Freyja avait mis un griffon sur l'île pour la garder. À cause de ce gardien, les Luricans avaient dû abandonner l'idée de revenir à la surface et s'étaient mis à creuser des galeries souterraines pour s'établir. Depuis des générations, les petits hommes roux sortaient de leur terrier avec prudence pour regarder leurs chevaux, devenus sauvages, courir et jouer dans l'herbe folle. Freyja les avait condamnés à vivre cachés et reclus dans les ténèbres. La puissante déesse avait fait fi de leurs dieux et s'était implantée de force. Les Luricans la surnommaient maintenant « la mortelle » et jamais son véritable nom n'était prononcé.

Laissés à eux-mêmes, les Luricans étaient devenus débrouillards et ingénieux. Ils avaient inventé des machines à creuser la terre, des portes piégées pour feinter le griffon, un système d'éclairage à l'huile de terre (une substance noire et visqueuse ressemblant étrangement au pétrole brut), des fours à loupe, des cuisinières radiantes activées par les rayons du soleil et des serres intérieures pour faire pousser une incroyable quantité de légumes. Malgré leur caractère dissipé et leur propension à faire la fête, ces petits êtres avaient réellement accompli des miracles. Ils avaient repris leur destin en main et s'étaient rapidement adaptés à leur nouvel environnement.

Depuis longtemps, les Luricans voulaient chasser Freyja de l'île en tuant d'abord son griffon. À leur grand bonheur, Amos et Béorf avaient réalisé cet exploit ! Voilà pourquoi ils étaient maintenant des héros ! En plus, les garçons avaient refusé les grâces de la déesse, ce qui, pour le peuple de l'île, en faisait doublement des héros ! Des espions luricans avaient tout vu et tout rapporté à leur chef.

Par contre, Médousa semblait mettre Flag mal à l'aise. Il évitait de la regarder et ne répondait pas à ses questions. Le petit bonhomme n'arrivait jamais à voir les yeux de la fille et cela l'indisposait. Amos remarqua vite le problème et expliqua au chef des Luricans que les yeux de Médousa étaient, sans nul doute, la dernière chose au monde à regarder. La gorgone précisa alors qu'elle et ses semblables avaient le pouvoir de changer toutes créatures vivantes en statues de pierre. Elle insista aussi sur le fait qu'il lui était très difficile de ne jamais lever la tête de peur de croiser un regard. Toujours porter une capuche pour recouvrir la moitié de son visage était aussi assez contraignant. Flag lança alors :

– Si je comprrrends bien, tant qu'on ne voit pas vos yeux, on ne rrrisque rrrien ?

228

– C'est cela! confirma Médousa avec un sourire.

– Donnez-moi une seconde, continua le petit bonhomme, je rrrègle votrrre prrroblème!

Flag quitta la pièce et revint avec trois autres Luricans. Ces derniers demandèrent à Médousa de fermer les yeux et d'enlever sa capuche. Comme elle se sentait en confiance avec Flag, la gorgone s'exécuta sans poser de questions. Les trois petits bonshommes prirent une série de mesures de sa tête, discutèrent entre eux à voix basse, puis quittèrent la pièce en parlant de la transparence d'une certaine «pierre de sable».

– Que se passe-t-il? lança Médousa en remettant sa capuche.

– Les Lurrricans vont vous offrrrir un cadeau! répondit Flag. Rrreposez-vous ici maintenant... Dans quelque temps, nous serrrons prrrêts à parrrtir!

– Pour aller où? demanda Amos.

– Vous rrreconduirrre chez vous! répliqua le petit bonhomme.

– Mais comment?

– Plus tarrrd..., décréta Flag, vous verrrez plus tarrrd! Rrreposez-vous maintenant, je rrreviens vous cherrrcher lorrrsque nous serrrons prrrêts. Il y a de l'eau pour vous laver là-bas et des couverrrtures juste ici... Si vous voulez de l'airrr, il y a une fenêtrrre camouflée qui donne surrr la falaise… Là, vous voyez? Mais… mais qu'est-ce qui fait ce brrruit?

– C'est Béorf qui ronfle, expliqua Amos. Ses yeux se ferment automatiquement aussitôt qu'il a l'estomac plein!

– Ouf!… murmura le Lurican en quittant la pièce, je pensais que c'était un trrremblement de terrre.

Amos mangea encore un peu en compagnie de Médousa qui, elle, n'avala pas grand-chose. La gorgone n'aimait pas beaucoup la cuisine des autres races et préférait les plats préparés avec des insectes. Heureusement, elle en avait trouvé quelques-uns en passant dans les couloirs souterrains de l'île. Elle n'avait plus très faim.

Le porteur de masques alla ensuite se rafraîchir un peu. Il s'aperçut bien vite que la gorgone s'était, à son tour, endormie. Amos ouvrit la fenêtre et regarda au loin. Le soleil tombait à l'horizon. L'air était bon et l'odeur de l'océan, envoûtante! Dans le vent, le jeune garçon détacha ses cheveux et secoua la tête. Les yeux dans le vide, il pensa à sa mère. Il la revoyait rire et jouer avec lui dans leur chaumière du royaume d'Omain. Urban, son père, lui revint aussi en mémoire. Il avait été sauvagement assassiné par les Bonnets-Rouges, et les images de ce meurtre hantaient souvent son esprit. Un grand vide prit place dans le cœur du porteur de masques. Amos vivait des aventures extraordinaires pour son jeune âge, mais la stabilité d'une famille, de sa famille lui manquait énormément. Il versa quelques larmes.

Malgré la présence de ses amis, le garçon se sentit soudainement très seul et très vulnérable. Il venait d'avoir treize ans et sa mission lui semblait de plus en plus lourde à porter. Allait-il vivre ainsi toute sa vie? Toujours d'une aventure à l'autre sans jamais s'arrêter? Allait-il toujours voir disparaître ou mourir ceux qu'il aimait?

« Je pense que j'aimerais tourner la page et revenir à Omain! se dit-il. J'en viens à regretter d'avoir rencontré Crivannia dans la baie des cavernes. J'aimerais que tout cela soit un rêve... Je voudrais que tout s'arrête et que le monde autour de moi redevienne normal, sans bêtes féroces, sans dieux dominateurs et sans périls à affronter... »

Amos eut alors un coup de fatigue. Il se dirigea vers les coussins, près de la table, se laissa lourdement tomber et s'endormit aussitôt qu'il ferma les yeux. Il vit alors le visage de Lolya. Son amie était magnifique et semblait très sereine. Elle lui dit:

– Amos, je suis contente de pouvoir enfin te parler... Je sais où est ta mère... Elle a besoin d'aide… Reviens vite, nous devons la secourir… Je sais que tu croiras que cette vision est un simple rêve… C'est pourtant moi qui te parle… Je suis à Upsgran et j'attends ton retour… Depuis des jours, je tente d'établir le contact, mais tu ne dors jamais assez profondément… Ramène aussi le dragon… C'est moi qui suis à l'origine des malaises que tu as eus et de ton désir soudain de sauver la bête de feu… Je suis revenue pour me joindre à toi et Béorf… D'ailleurs, c'est lui qui te confirmera que tu n'as pas imaginé ce message! Ceci n'est pas un rêve… Bonne nuit, Amos… J'ai très hâte de te revoir…

* * *

Le jeune porteur de masques ouvrit soudainement les yeux. Par la fenêtre restée ouverte, la lumière blafarde du matin avait envahi la pièce. Béorf se réveilla quelques secondes après son ami. En se frottant les yeux, il lança d'une voix faible:

– J'ai fait un drôle de rêve! Lolya me demandait de te faire un message… Elle n'arrêtait pas de dire: «Ceci n'est pas un rêve, ceci n'est pas une rêve…» Tu y comprends quelque chose, toi?

232

— Oui, répondit Amos en souriant. J'avais un doute, mais maintenant, il s'est dissipé!

— Où est Médousa? demanda Béorf.

— Je ne sais pas…, répondit le porteur de masques en tressant ses cheveux. Hier soir, elle était juste là quand je me suis endormi. Elle ne doit sûrement pas être loin!

— Ouais, grogna le béorite. Elle doit chercher quelques bons gros cafards à se mettre sous la dent. Cette fille est vraiment formidable, mais sa façon de se nourrir me dégoûte!

— Si on a de la chance, ajouta Amos en riant, elle nous en apportera quelques-uns!

Flag Martan Mac Heklagroen entra alors dans la pièce. Il tenait Médousa par la main. Derrière eux, les trois Luricans de la veille se tenaient le dos droit et affichaient un fier et généreux sourire. La jeune gorgone portait toujours sa capuche sur ses yeux et elle semblait éprouver un peu de mal à voir devant elle.

— Nous aimerrrions avoirrr votrrre avis, messieurs! déclara le petit bonhomme roux.

— À quel sujet? demanda Amos, curieux.

— Au sujet de CECI! s'écria Flag en tirant vers l'arrière la capuche de la gorgone.

Amos et Béorf eurent immédiatement le réflexe de cacher leurs yeux.

— Ce n'est pas nécessaire…, assura Médousa. Je suis… je… Enfin, vous pouvez regarder!

La gorgone portait sur le visage un étrange objet. Celui-ci, accroché sur le haut de sa tête, se terminait sur ses yeux en formant des lunettes. Les verres rouges étaient réfléchissants, empêchant quiconque de voir ses yeux. Joliment travaillé, cet appareil s'harmonisait parfaitement au visage de Médousa et à la couleur verdâtre de sa peau.

– Wow! s'exclama Amos. C'est magnifique!

– Tu es vraiment très jolie! ajouta Béorf.

– Et c'est aussi très utile…, fit la gorgone en rougissant. Je peux voir à travers le verre! De cette façon, je n'aurai plus à cacher mes yeux sous ma capuche. Je vais pouvoir vous regarder sans risquer de… de…

– … de nous transformer en perchoir à pigeons! termina Amos en riant.

– C'est ça! s'écria la gorgone, amusée.

– Elle n'est pas encorrre tout à fait habituée! précisa Flag. Dans quelques jourrrs, sa vue se serrra ajustée et…

– … et elle pourra chasser le cafard comme avant! plaisanta le gros garçon.

– Oui, approuva Médousa en s'esclaffant, et je t'en ferai manger de force!

– Arrrêtez de dirrre des bêtises et suivez-moi, ordonna Flag d'un ton amical, nous avons une autrrre surrrprrrise! Allez debout!

Les garçons se levèrent d'un bond et la

troupe emprunta de nouveau une longue série de couloirs étroits et d'escaliers abrupts. En marchant, Béorf entendit derrière lui le bruit d'une mâchoire mastiquant quelque chose de croustillant. Le gros garçon jeta un coup d'œil par-dessus son épaule. Médousa, la bouche pleine, le suivait de très près.

– J'avais un creux, dit la gorgone en avalant un insecte. Tu en veux? Ils sont particulièrement gros et juteux!

– Ouache! lança Béorf. Tu te souviens de notre rencontre à Bratel-la-Grande? Dans la grotte, tu mangeais des araignées… Je ne te l'ai pas dit, mais c'était franchement écœurant de te voir!

– J'aime aussi les sauterelles, les vers de terre et les gros bourdons bien gras! répondit Médousa qui prenait un malin plaisir à dégoûter Béorf. Mais ce que je préfère, c'est…

– NON! NON! supplia le gros garçon. Je ne veux plus rien entendre…

– Dommage…, conclut la jeune gorgone avec un sourire moqueur.

Le groupe déboucha dans une immense cavité taillée dans la pierre. Un grand trou, creusé dans le plafond de cette grotte, laissait voir les nuages. Des centaines de Luricans travaillaient sur une étrange machine.

Flag expliqua qu'il s'agissait d'un appareil

volant. C'était son invention et il en était très fier, d'où son nom : la flagolfière !

Sa machine volante était un gros ballon gonflé à l'air chaud. Dans ses expérimentations, le Lurican avait découvert un principe physique incontournable : la chaleur monte et le froid descend. Il n'était pas capable d'expliquer pourquoi, mais il se doutait bien qu'en emprisonnant de l'air chaud, il réussirait à s'envoler. La flagolfière avait été créée pour affronter le griffon. Le chef voulait s'en servir pour combattre le gardien de l'île. Comme la bête était déjà morte, il se proposait maintenant de voler jusqu'au continent pour y déposer les deux garçons qui avaient sauvé son peuple, ainsi que leur amie.

Le ballon était attaché à une grande nacelle de bois, qui était en fait une ancienne chaloupe de Vikings, dans laquelle le coffre contenant le jeune dragon avait déjà été installé. Au centre, il y avait un brûleur à l'huile de terre ressemblant à une petite forge. À l'arrière, une grande hélice avec un pédalier servait à faire avancer l'engin. Il y avait de la nourriture à bord en prévision du grand voyage. L'appareil était prêt à prendre son envol.

Sous les applaudissements des Luricans, le groupe prit place à bord. Flag ordonna que l'on coupe les câbles retenant la flagolfière, mais l'engin… demeura sur place! Un murmure de mécontentement s'éleva dans la grotte.

– Je ne comprrrends pas, s'étonna le petit bonhomme. Nous devrrrions nous envoler!

– Nous sommes peut-être trop lourds? lança Amos.

– Il serrrait dangerrreux de chauffer davantage le brrrûleurrr… continua Flag. J'ai prrrévu une cerrrtaine quantité d'huile de terrre et si j'en utilise trrrop, je ne pourrrrai plus rrrevenirrr!

– J'ai peut-être une solution, fit le garçon. Nous économiserons l'huile et décollerons bien vite!

Le jeune porteur de masques se concentra et leva une main vers l'ouverture du ballon. Il plaça son autre main juste au-dessus du brûleur. Grâce à ses pouvoirs sur le feu et l'air, il emmagasina la chaleur d'un côté et l'expulsa de l'autre en créant un courant d'air très chaud.

Un tourbillon brûlant s'engouffra dans le ballon en le gonflant davantage.

Amos continua à exercer sa magie pendant de longues minutes. L'appareil volant bougea timidement. Les Luricans hurlèrent de joie! L'invention de Flag fonctionnait bien. Le ballon avait maintenant doublé de taille et semblait prêt à exploser. Puis, d'un coup, il décolla en passant de justesse dans l'ouverture de la grotte.

– ÇA Y EST ! cria l'inventeur, fou de joie. JE SAVAIS QUE ÇA FONCTIONNERRRAIT, JE LE SAVAIS ! ! !

– Avec un coup de pouce d'Amos, murmura Médousa, tout fonctionne toujours !

La flagolfière prit rapidement de l'altitude et, bientôt, l'île de Freyja parut toute petite dans l'immensité de l'océan. Amos rompit son sort et jeta un coup d'œil en bas.

– Nous sommes vraiment hauts ! lança-t-il.

– Et je n'aime pas ça du tout ! s'écria Béorf, cramponné à la nacelle.

– Moi, j'adore ça ! déclara la gorgone.

Flag était à l'arrière de l'engin et pédalait vivement pour faire tourner la grande hélice. Il avait fabriqué quelques rudimentaires instruments de navigation et il essayait maintenant de s'orienter.

– J'ai de la difficulté à me placer dans la bonne dirrrection ! Le vent ne nous aide pas !

– Je m'en occupe, dit le porteur de masques en levant la main droite.

Aussitôt, une bourrasque vint redresser la flagolfière dans la bonne direction.

– Facile ! lança Amos. Économisons l'huile de terre pour votre retour, Flag. Je vais m'occuper de chauffer l'air du ballon lorsque nous perdrons de l'altitude. Aussi, faites-moi signe si nous dévions trop de notre trajectoire !

— Il faudrrra que tu m'expliques comment tu rrréussis à fairrre cela, dit le Lurican. Tu es un garrrçon trrrès étonnant, jeune Amos !

— Quand nous aurons le temps, répliqua le garçon, je vous dirai tout.

À ce moment, Médousa saisit une grande corde qui traînait par terre. Elle attacha solidement un bout à la nacelle et l'autre autour de sa taille. En ouvrant ses ailes, la gorgone se lança dans le vide en poussant un grand cri de joie. Ainsi arrimée à la flagolfière, elle flottait dans les airs en hurlant de bonheur. Portée par le vent, Médousa cria :

— J'AI TOUJOURS RÊVÉ DE VOLER ! YAAAAOUUUU ! C'EST MERVEILLEUX ! JE VOLE ! JE VOLE !

Elle mange des insectes et adore se lancer dans le vide, soupira Béorf, l'estomac à l'envers. C'est vraiment une drôle de fille !

— BRAVO ! hurla Amos en applaudissant. TU ES BELLE À VOIR ! SI TU MANQUES DE VENT, DIS-LE-MOI !

Dans le ciel, une fille à la peau verte volait derrière une nacelle en forme de chaloupe, soutenue par un gros ballon et pilotée par un petit bonhomme roux pédalant à vive allure avec, à son bord, un garçon qui maniait le vent et un autre à moitié mort de peur. Ce jour-là, les oiseaux qui croisèrent la flagolfière, assistèrent certainement au spectacle le plus étrange de leur vie.

# 20

# La nouvelle équipe

Le voyage de retour se déroula sans problème. Quelques jours suffirent à la flagolfière pour atteindre le continent. Ce voyage à travers les nuages enchanta le porteur de masques. Amos survola la Grande Barrière de brume et aperçut l'Homme gris qui les observait, d'en bas, avec circonspection. Le garçon pensa à Kasso. De cette position, le navigateur aurait pu dessiner des cartes extrêmement précises pour guider les futurs voyages des béorites. On pouvait voir la configuration des îles, les courants marins et le parcours des bancs de poissons et des grands mammifères marins.

Pour Béorf, par contre, ce fut l'enfer. Constamment malade, il ne pouvait rien avaler et ce régime forcé lui fit perdre quelques kilos.

Le béorite, prisonnier de l'appareil volant, se jura que plus jamais ses deux pieds ne quitteraient le sol. Souffrant de nausées et d'insomnie, il était à bout de nerfs, et Médousa essayait du mieux qu'elle pouvait de le rassurer et de le calmer.

Le jeune dragon, malgré les bons soins de Flag, ne termina pas le voyage, mourant quelques heures avant que l'engin ne se pose près d'Upsgran. Amos en fut bouleversé. C'est lui qui avait ramené l'œuf de la tanière du dragon, à Ramusberget. Cette bête avait un caractère impossible, mais elle faisait partie de sa vie. Il aurait souhaité un autre destin pour cet animal aussi dangereux que merveilleux. Le jeune porteur de masques aurait voulu pouvoir le sauver, changer sa nature profonde et en faire une créature moins destructrice. Bien que Sartigan n'eût pas cru la chose possible, Amos, lui, croyait pouvoir y parvenir. Il savait qu'il existe toujours un peu de bien dans le cœur des êtres méchants. Le contraire était aussi possible ! Freyja, déesse œuvrant du côté du bien, en était la preuve. Ce qu'elle avait fait subir aux Luricans et aux béorites ne laissait aucun doute à ce sujet.

— Allez-vous pouvoir rentrer chez vous sans encombre ? demanda Amos à Flag en posant le pied sur la terre ferme.

– Oui, mon cherrr ami ! assura le petit bonhomme roux. Ne t'inquiète pas pourrr moi. Tes pouvoirrrs m'ont fait économiser beaucoup d'huile de terrre. Je suis cerrrtain de moi et de la flagolfièrrre. Occupez-vous de votrrre ami Béorrrf et je suis désolé pourrr le drrragon. Emporrrtez le coffrrre avec vous, ce serrra son cerrrcueil !

– Merci encore pour ce merveilleux voyage, lança Médousa en embrassant Flag sur le front. Et merci pour… pour cette chose qui me cache les yeux. Au fait, comment appelez-vous cela ?

– Hum…, hésita Flag. Comme c'est de fabrrrication lurrricane et que vous êtes trrrès coquette, je baptise aujourrrd'hui cet objet « lurrrinettes » ! Vous porrrtez donc des lurrrinettes, chèrrre Médousa !

– Très joli nom, approuva Amos, un peu distrait par Béorf qui, juste à côté de lui, se roulait dans l'herbe en embrassant le sol.

– Au rrrevoir ! s'écria le chef des Luricans en chauffant son brûleur pour décoller. Et j'espèrrre que vos aventurrres vous rrramènerrront sur notrrre île.

– Au revoir ! lancèrent Médousa et Amos en regardant la flagolfière prendre de l'altitude.

– Adieu plutôt…, murmura Béorf en espérant ne plus jamais devoir refaire un tel voyage.

— Allons-y, suggéra Amos. Le village n'est pas loin d'ici et nous devons annoncer à la population la mort de l'équipage. Nous amènerons aussi le coffre afin d'enterrer dignement le jeune dragon.

— Je ne vous accompagnerai pas, dit Médousa. Mes cheveux, la couleur de ma peau, mes ailes… enfin, pour les autres races, j'ai davantage l'air d'un démon que d'une gentille créature. Laissez-moi à l'orée de la forêt avec le dragon, je veillerai sur sa dépouille et j'attendrai votre retour. Ensuite, nous verrons s'il est pertinent ou non de me présenter aux gens de cette communauté.

— C'est très sage de ta part, Médousa, la complimenta Amos. Je pense que cette façon d'agir est effectivement plus raisonnable…

\* \* \*

Dans la forêt, Médousa était tranquillement assise sur le coffre lorsqu'elle entendit un bruit derrière elle. Se retournant, elle fit face à une fillette qui la menaçait d'une lance. La gorgone sursauta en voyant la peau complètement noire de l'intruse. Jamais elle n'avait vu une telle chose !

— Que fais-tu ici ? demanda Lolya en menaçant Médousa. Qui es-tu ? Et pourquoi as-tu des serpents sur la tête ?

— Et toi ? répliqua la gorgone, prête à retirer ses lurinettes. Pourquoi me menaces-tu ? Pourquoi portes-tu autant de bijoux ? Tu es toute noire… Ta maison a brûlé ou tu nettoies des cheminées ?

— Réponds-moi ou tu en subiras les conséquences ! ordonna Lolya.

— Fais un seul mouvement et je te jure que c'est toi qui le regretteras ! rétorqua Médousa.

Un long silence s'installa entre les deux filles. Elles se regardaient de la tête aux pieds en se jaugeant prudemment. Lolya tenta de désamorcer le conflit.

— Je ne te veux pas de mal… Je me rendais au village pour y accueillir des amis. J'ai senti leur présence… J'habite plus loin derrière, là-bas, et comme tu étais sur ma route…

— Moi, fit la gorgone, j'attends que des amis viennent me chercher… Ils sont aussi au village… Ils se nomment Amos et Béorf et…

— Mais… mais…, balbutia Lolya en laissant tomber sa garde, ce sont eux que je vais rejoindre ! Attends… Tu es Médousa ? Béorf m'a beaucoup parlé de toi lorsque j'étais à Berrion… Il m'avait dit que… que tu étais morte !

— J'étais morte ! confirma Médousa. C'est une longue histoire… Tu dois être Lolya, alors ! Moi, c'est Amos qui m'a parlé de toi alors que nous étions sur l'île de Freyja… Enchantée de te rencontrer… Je croyais que tu étais retournée dans ton pays. Tu es reine ou princesse, non?

– Oui, répondit la Dogon. Je suis retournée à Berrion pour retrouver Amos et c'est Junos qui m'a dit qu'il était ici… Une longue histoire… C'est un plaisir de te rencontrer!

Les deux filles, un peu maladroites, se donnèrent la main en riant nerveusement.

– Eh bien, continua Médousa, je ne pensais pas te rencontrer… Je surveille le coffre qui contient un dragon qui…

– LE DRAGON EST LÀ! s'écria Lolya. Dans ce coffre?

– Oui… oui…, hésita la gorgone, mais il est mort durant le voyage…

– Montre-le-moi! dit la jeune Noire en se lançant vers la malle. Depuis combien de temps?

– Quelques heures…

– D'accord! Il est encore temps d'agir! Aide-moi à le transporter dans la cabane là-bas, je pense pouvoir le sauver…

\* \* \*

– Voilà toute l'histoire, dit Amos en terminant son récit. La malédiction qui pesait sur les béorites est levée, mais Upsgran a payé cher la dispute entre Odin et Freyja.

Un douloureux silence avait envahi la taverne du petit village. Tous les habitants avaient écouté sans broncher le récit du voyage des garçons. Leur chef, Banry Bromanson, était mort en mer avec son valeureux équipage. C'étaient les risques de l'aventure et ils les connaissaient. L'important, c'est qu'ils avaient réussi à faire lever la malédiction et que la race des béorites pouvait maintenant croire en sa pérennité. Ces braves navigateurs et farouches combattants n'étaient pas morts pour rien.

Les villageois d'Upsgran posèrent des questions pendant plusieurs heures. Béorf et Amos répondirent du mieux qu'ils purent, en ajoutant plus de détails ou en éclaircissant certains raccourcis de leur récit. Lorsque tout le monde fut satisfait, Geser Mitson dit la Fouine se leva et dit :

– J'ai combattu aux côtés de Banry, Hulot, Rutha, Piotr, Alré, Goy et Kasso. J'étais à la bataille de Ramusberget. Je souhaite que leur mémoire soit honorée et que l'on chante leurs exploits pendant les siècles à venir. Si Banry avait eu besoin de moi, je serais parti sans hésiter et serais mort à ses côtés avec honneur. Aujourd'hui, j'ai perdu mes amis et je suis triste…

Geser avait les larmes aux yeux. Il prit quelques secondes de pause puis, après s'être éclairci la gorge, il poursuivit :

— Mais la vie continue et… et nous avons besoin d'un nouveau chef. Depuis la fondation de ce village, la lignée des Bromanson, famille de sang pur béorite, a toujours conduit la destinée de ses habitants. Jamais un chef d'Upsgran n'a été renversé parce que les Bromanson sont des êtres de cœur, fidèles et immuables comme les montagnes. Ils ont la force et l'instinct, la loyauté et le caractère propres aux grands dirigeants. Le mauvais sort nous a enlevé Évan, l'océan vient de nous prendre Banry! Heureusement, le destin nous a ramené le dernier de la lignée de cette glorieuse famille. Je propose qu'un Bromanson reprenne la direction de ce village, pour notre bien à tous et pour le bien des générations futures. Je propose que Béorf Bromanson devienne le chef de ce village!

Béorf, en train de boire un grand verre de lait de chèvre, faillit s'étouffer en entendant la dernière phrase de Geser.

— Je… je ne peux…, mais je…, balbutia le gros garçon en cherchant son souffle. Je suis beaucoup trop jeune et je ne comprends rien aux affaires politiques…

— Tu feras comme ton père et ton oncle, lança la patronne de la taverne, tu apprendras!

— Mais, je… je connais à peine ce village et les gens qui l'habitent! s'écria Béorf. En plus, je…

– Nous avons besoin d'un dirigeant en qui nous avons confiance, l'interrompit Geser. Tu es un Bromanson et, depuis toujours, ta famille a bien gouverné. Malgré ton âge, l'histoire de tes aïeux parle en ta faveur. On juge de la qualité d'un arbre à ses racines et ses fruits. Tu es la meilleure chose qui puisse arriver à ce village !

– Je propose un vote, lança la grosse tenancière. Que ceux qui sont en faveur de l'élection de Béorf comme chef du village lèvent la main !

Tous les habitants s'exécutèrent dans un seul et même mouvement. Ils avaient tous la main levée !

– Nous avons l'unanimité ! s'exclama Geser. Si tu refuses, Béorf, le village devra faire des élections et cela nous divisera. Un village uni est un village heureux…

Béorf, complètement ahuri, se tourna vers Amos et murmura :

– Mais… mais ils sont fous ! Qu'est-ce que je dois faire ?

– Il faut suivre ton cœur, Béorf, répondit Amos. C'est probablement ce que Sartigan lui-même te dirait… Au fait, où est-il ? Tu l'as vu ?

– Non, pas vu ! laissa tomber le jeune béorite en faisant de nouveau face à l'assistance. Euh… bon… je demande que…

j'aimerais rendre ma décision après les funérailles de Banry et de l'équipage. Je crois que leur mémoire doit être honorée avant qu'un nouveau chef soit nommé !

– Sage décision, lança Geser. Tu vois bien que tu possèdes déjà la trempe d'un grand chef ! Ton respect et ta sagesse nous disent qu'Upsgran sera choyé de t'avoir comme dirigeant.

– Allons préparer la cérémonie, ordonna une grande et robuste femme dans l'assistance. Nous procéderons selon la tradition et commencerons les rituels dans deux jours.

Les habitants d'Upsgran se levèrent et quittèrent la taverne. Béorf, lui, incrédule devant la proposition de ses semblables, ne se leva pas immédiatement. Il avait les jambes en coton. C'est Amos qui le tira de ses réflexions en disant :

– Allez, grand chef ! Rendons-nous chez Sartigan pour lui annoncer la bonne nouvelle ! Nous prendrons Médousa au passage…

\* \* \*

Lolya ouvrit le coffre et découvrit le dragon. Elle l'examina rapidement, puis demanda à Médousa de l'aider à sortir la bête. La jeune Dogon sortit sept chandelles et les disposa en cercle autour de l'animal. Elle prononça ensuite quelques paroles incompréhensibles.

– Que fais-tu là, Lolya? demanda la jeune gorgone. Cette bête est morte…

– Ah! s'exclama la jeune sorcière, je vois qu'Amos ne t'a pas tout dit sur moi! Je viens d'empêcher l'âme du dragon de fuir de son corps. Je me suis donné un peu de temps pour agir!

– Mais…, hésita Médousa, pourquoi as-tu besoin de temps?

– Je te l'ai déjà dit, répondit Lolya en souriant. Je veux le ramener à la vie!

La gorgone eut un brusque mouvement de recul. Cette jeune Noire était une véritable sorcière, comme Karmakas l'avait été! Médousa avait appris à se méfier de ce genre de magiciens. Ils pouvaient s'emparer de l'âme d'une gorgone avec une déconcertante facilité pour ensuite la manipuler comme une marionnette.

– Hum…, fit Lolya en regardant Médousa, je viens de sentir ton manque de confiance en moi. Tes émotions vibrent beaucoup… Allons, n'aie pas peur et donne-moi, si tu veux bien, le grimoire et le pot contenant un cœur humain dans le fond du coffre.

– Avec plaisir et… et je n'ai pas peur de toi, lança nonchalamment la gorgone.

– Tant mieux, car je vais avoir besoin d'une assistante ! répondit Lolya en plongeant le nez dans le vieux grimoire de Baya Gaya.

La jeune Dogon lut rapidement le grimoire d'un bout à l'autre. Elle prit ensuite quelques secondes pour réfléchir et dit :

– Cette sorcière avait du talent ! Décidément, ce grimoire est une véritable mine d'or pour la préparation de potions, d'élixirs et de crèmes magiques. Elle démontre beaucoup d'imagination dans l'assemblage de ses ingrédients, mais trop de haine dans ses formules, beaucoup trop de noirceur et de désespoir dans la composition de ses sorts.

– Tu comprends quelque chose à cela ? demanda la gorgone, étonnée et encore méfiante.

– Oui. Il y a différentes sortes de magie et de sorcellerie, mais elles ont toute une base commune, un même grand principe fondateur. Même si cette féroce Baya Gaya travaillait dans la sphère de l'angoisse et du poison, j'arrive assez bien à saisir le sens de ses formules et à comprendre la composition de ses breuvages.

– Et toi, tu travailles dans quelle sphère ?

– Moi, je suis dans la divination et la nécromancie. Je veux dire que j'œuvre avec mes forces intérieures et l'énergie des esprits qui nous entourent. Je peux sentir des choses… comme, par exemple, toi qui n'as pas confiance en moi !

– Euh…

– Ne t'en fais pas, conclut Lolya en riant. La confiance ne s'obtient pas pour rien, elle se mérite… Je travaillerai pour mériter la tienne… Bon! Maintenant, procédons! Je pense savoir à qui était ce cœur battant dans le pot et je crois connaître la nature de son ensorcellement… Donne-moi ce grand couteau, s'il te plaît.

La gorgone s'exécuta et regarda Lolya ouvrir le ventre du dragon. La nécromancienne récita ensuite quelques formules inintelligibles. Dans un faible halo de lumière, un être surnaturel apparut tout près d'elle. Translucide et vaporeuse, l'apparition passa derrière Lolya, saisit ses mains et se mit à guider ses mouvements. Lentement, ils commencèrent ensemble à retirer le cœur du dragon pour le remplacer par celui du pot de Baya Gaya. L'esprit semblait chuchoter à l'oreille de la jeune sorcière pendant que cette dernière, dans une demi-transe, s'exécutait gracieusement.

« Cette Lolya est vraiment puissante! pensa Médousa devant ce spectacle. Il vaut peut-être mieux m'en faire une alliée qu'une ennemie… En plus, j'aimerais bien apprendre quelques-uns de ses tours!»

Après quelques heures d'opération, le cœur commença à battre dans la poitrine du dragon. Un sang noir et sulfureux irrigua de nouveau ses veines. L'esprit quitta alors Lolya qui se mit à recoudre le ventre de l'animal.

– Nous avons dû modifier quelques membranes du cœur humain afin qu'il s'adapte à ce nouvel environnement sanguin. Maintenant, il faut que je négocie…

– Négocier quoi? demanda Médousa, très intéressée.

– Négocier sa vie avec un sale guède! C'est un esprit qui tire son énergie vitale de la séparation entre l'âme et le corps. Je me…

– Excuse-moi, l'interrompit la gorgone, mais cette autre « chose » par-dessus toi, durant l'opération, c'était quoi?

– Un guide astral… C'est une créature éthérée… euh… comment te dire?… Il existe plusieurs « gardiens de la connaissance » dans une autre dimension qui s'appelle « l'astral ». J'ai demandé de l'aide pour accomplir ma tâche et un « gardien » est venu à mon secours. C'est grâce à lui que j'ai réussi à donner un nouveau cœur au dragon…

– Mais pourquoi as-tu fait cela? Pourquoi veux-tu le sauver? C'est une créature méchante et agressive qui ne peut qu'apporter des ennuis, non?

– Exactement comme les gorgones, qui ne connaissent pas la compassion et l'amitié…, répondit Lolya avec un sourire. Il arrive parfois qu'un événement change le cœur d'une personne et la transforme…

— Je vois que Béorf t'a bien raconté notre histoire! fit Médousa en riant. Je comprends maintenant mieux ce que tu fais et pourquoi tu le fais! C'était un bon exemple!

— Je ne sais pas pourquoi, mais je me devais de sauver ce dragon…, expliqua la jeune Dogon. Je pense qu'il aura un rôle important à jouer dans le nouvel équilibre du monde qu'Amos créera… Bon! Le guède maintenant!

\* \* \*

Lorsque Amos et Béorf arrivèrent dans la cabane de Sartigan, tout était terminé. Le dragon, maintenant muni d'un nouveau cœur, respirait faiblement, bien au chaud, enveloppé dans plusieurs couvertures.

Lolya sauta dans les bras de ses amis, toute contente de les retrouver. Elle expliqua brièvement à Amos ce qui l'avait poussée à revenir auprès de lui, parla de ses visions, de Frilla, d'une immense tour et d'un vieil homme nommé Sartigan. La fillette raconta aussi comment elle avait rencontré Médousa dans la forêt et implanté un nouveau cœur au dragon. Amos l'écouta attentivement.

– Je suis très heureux de te voir, Lolya, et savoir que tu désires nous accompagner me remplit de joie! J'ai encore beaucoup de pain sur la planche et ton aide sera précieuse. Nous nous reposerons quelque temps et irons ensuite voir cette fameuse tour qui hante tes visions.

– Et nous libérerons ta mère et Sartigan, s'empressa d'ajouter Béorf.

– Oui, chef! s'exclama Amos en rigolant. Quand le chef des béorites ordonne quelque chose, il faut lui obéir!

– Je n'ai pas encore accepté l'offre, joli garçon! répliqua Béorf d'un ton taquin. Tu veux que je raconte à Lolya comment tu tombes facilement amoureux des sirènes?

– Amos, amoureux? lança la jeune fille, surprise.

– Qu'est-ce que c'est, cette histoire de chef? demanda Médousa.

– Plus tard…, dit Béorf en se frottant le ventre. Mangeons un peu, j'ai encore faim! J'ai besoin d'avoir l'estomac plein pour bien réfléchir à mon avenir!

– C'est désespérant, lança Amos. Tu as toujours faim…

\* \* \*

La tâche du porteur de masques avait commencé dans les lointaines terres du royaume d'Omain. Un an après son premier séjour au bois de Tarkasis, il avait déjà trois masques, trois pierres de puissance et encore un tas d'aventures à vivre. Maintenant, il avait en plus à ses côtés trois amis prêts à tout pour lui venir en aide, trois fidèles partenaires qui croyaient en la valeur de sa mission.

Ce soir-là, alors que les quatre compagnons, couchés dans l'herbe humide de la forêt, regardaient les étoiles, Amos pensa qu'il n'y a rien de plus fort au monde qu'une amitié qui croît dans le respect. À la base, rien ne semblait unir un hommanimal, une gorgone, une sorcière nécromancienne et un porteur de masques. Pourtant, ils étaient tous là à rire sous la lune, ils étaient tous là à croire qu'ils pouvaient faire une différence dans le monde. C'était cela, la foi, la vraie foi qui déplace des montagnes !

# Lexique mythologique

## LES DIEUX

**FREYJA** : Cette déesse de la mythologie germanique est parfois connue sous le nom de Freya ou Frea. Fille de Njord, dieu de la Mer dans le panthéon scandinave, elle est le symbole du désir et elle est toujours reliée à la fécondité.

**LOKI** : Aussi nommé Lopt, il est le dieu germanique du Feu. C'est un semeur de discordes, un voyou qui peut changer de forme à volonté.

**ODIN** : Il est le chef des dieux de la mythologie scandinave et germanique. On le voit souvent assis sur son trône d'où il surveille les neuf mondes. Ses deux infatigables corbeaux lui servent de messagers et voltigent constamment autour de lui. Odin a sacrifié un de ses yeux pour boire à la fontaine de la sagesse. À Walhalla, un immense palais qui se trouve dans la forteresse d'Asgard, c'est lui qui préside le conseil des dieux nordiques.

## LES LIEUX MYTHIQUES
## ET LES OBJETS MAGIQUES

**ASGARD :** Cet endroit est le domaine des dieux, plus précisément celui des Ases représentées par Odin. Les Vanes, dont Freyja fait partie, habitent quant à eux Vanaheim. Les gigantesques murs d'Asgard furent construits par Hrimthurs. Celui-ci demanda la main de Freyja en échange de ses dix-huit mois de travail, mais il ne l'obtint jamais.

**MJOLLNIR :** C'est ainsi que se prénommait le marteau de guerre du dieu Thor. L'objet était un symbole de destruction, de fécondité et de résurrection. La divinité l'utilisait pour protéger Asgard des géants de glace, les ennemis des dieux qui y vivaient.

**SKIDBLADNIR :** Ce drakkar merveilleux, construit par de talentueux nains, servait de navire de guerre pour les dieux. Personnification des nuages, il se déplaçait aussi bien sur la terre que sur la mer et dans les airs.

**WALHALLA :** C'est le paradis des Vikings. Les véritables héros, ceux qui étaient morts courageusement au combat, y festoyaient jour et nuit.

**YGGDRASIL**: Ce frêne cosmique était le centre de l'univers dans les mythologies germaniques et scandinaves. L'arbre soutenait les neuf mondes, dont les trois royaumes humains, celui des elfes blonds et des nains, les terres des elfes bruns et les pays glacés des géants.

## LES CRÉATURES DE LÉGENDE

**BRISING (LES)**: Elles sont aussi connues sous le nom de Bristling. Outre le fait qu'elles sont les gardiennes du collier de Brisingamen, qui appartient à Freyja, on sait peu de choses à leur sujet.

**DRAGON**: De la taille d'un éléphant, les dragons ont vécu en Europe, au Moyen-Orient, en Asie Mineure, en Inde et en Asie du Sud-Est. Selon les légendes, ils habitent dans les cavernes en terrain montagneux et peuvent aisément vivre plus de quatre cents ans.

**GRIFFON**: Cette bête appartient aux mythologies de l'Inde, du Proche-Orient et de la Russie septentrionale. Mélange d'aigle et de lion, le griffon fut l'emblème de puissants empereurs et de grands souverains de plusieurs royaumes.

Il peut vivre de cinquante à soixante ans et habite généralement la montagne.

**HIPPOCAMPE**: L'hippocampe géant fait partie des légendes de la Méditerranée, de la mer Rouge et de l'océan Indien. Dans le cycle des contes de Sindbad, ces animaux habitent les eaux côtières chaudes et écument les mers en troupeaux.

**HOMME GRIS (L')**: Ce personnage entièrement constitué de brouillard appartient à l'imaginaire des contes irlandais. Ses origines demeurent mystérieuses.

**KELPIE**: En gaélique, on appelle les Kelpies «each uisge» ou «tarbh uisge», ce qui signifie «taureau des eaux». Ils vivent dans les lacs et les rivières, ont la taille d'un cheval et appartiennent à la mythologie écossaise et irlandaise.

**LURICAN**: Cet ancien nom celtique désigne en réalité les farfadets. Ces lutins qui adorent jouer des tours sont, comme le trèfle à quatre feuilles, un symbole de l'Irlande. Ils cachent un chaudron rempli d'or sous les arcs-en-ciel.

**MERRIEN :** En Irlande, les habitants des mers se nomment les «merriens». Ils se distinguent facilement des autres créatures aquatiques à cause du bonnet rouge à plumes qu'ils portent toujours sur la tête. Ce chapeau magique les aide à atteindre leurs demeures dans les profondeurs océaniques. Les femelles sont très belles et leur apparition est perçue comme le présage d'une tempête. Les merriens viennent parfois sur la terre sous forme de petits animaux sans cornes.

**SERPENT DE MER :** Ces serpents habitent toutes les mers et les océans du globe. Selon les récits des explorateurs, ils peuvent atteindre plus de soixante mètres de long. Certains cryptozoologues pensent qu'ils sont en réalité des plésiosaures (lézards-reptiles marins) ayant survécu à l'ère des dinosaures.

**SIRÈNE :** Les origines de ces créatures des mers demeurent obscures. Elles sont présentes depuis l'Antiquité dans les contes et les légendes de nombreuses cultures. Ce sont généralement de très belles femmes à queue de poisson qui charment les marins et font s'échouer leurs bateaux sur des écueils.

**SORCIÈRE** : Les sorcières appartiennent à presque toutes les mythologies du monde. Elles sont le plus souvent horriblement laides et s'attaquent généralement aux enfants. Dans ce livre, Baya Gaya est inspirée de Baba Yaga, une ogresse représentée dans les contes russes qui voyage dans un chaudron volant pour capturer et dévorer des bambins.

**IMPRESSION**
**IMPRIMERIE GAGNÉ**

IMPRIMÉ AU CANADA